メイファー・シュタット事件。
グレンダン史上に残る、希有な事件——
鋼殻のレギオス
CHROME SHELLED REGIOS
11 インパクト・ガールズ

「幼なじみのリンちゃん？」
「〃ザ・パーフェクト〃なフェリ先輩？」

「それとも苦楽を共にしてる
ニーナ隊長？
メイっち、
ライバルは手強いの
ばっかだよ!?
う～ん迷えるレイフォンの
ハートをつかむのは、誰だ!?」
「ミィ……
何言ってんの……？」

『ハッピー・バースデイ!!』
DRAGONMAGAZINE
20th ANNIVERSARY

鋼殻のレギオス11
インパクト・ガールズ

雨木シュウスケ

ファンタジア文庫

1501

口絵・本文イラスト　深遊

目次

登場人物紹介

●レイフォン・アルセイフ　15　♂
主人公。第十七小隊のルーキー。グレンダンの元天剣授受者。戦い以外優柔不断。
●リーリン・マーフェス　15　♀
レイフォンの幼なじみ。ツェルニを訪れ、レイフォンと再会を果たした。
●ニーナ・アントーク　18　♀
第十七小隊の小隊長。強くありたいと望み、自分にも他人にも厳しく接する。
●フェリ・ロス　17　♀
第十七小隊の念威繰者。生徒会長カリアンの妹。自身の才能を毛嫌いしている。
●シャーニッド・エリプトン　19　♂
第十七小隊の隊員。飄々とした軽い性格ながら自分の仕事はきっちりとこなす。
●ハーレイ・サットン　18　♂
錬金科在籍。第十七小隊の錬金鋼のメンテナンスを担当。ニーナの幼なじみ。
●ダルシェナ・シェ・マテルナ　19　♀
元第十小隊副隊長。シャーニッドと確執があったが、現在は第十七小隊に所属。
●メイシェン・トリンデン　15　♀
一般教養科に在籍。レイフォンとはクラスメートで、彼に想いを寄せている。
●ナルキ・ゲルニ　15　♀
武芸科に在籍。都市警察に属する傍、第十七小隊に入隊した。
●ミィフィ・ロッテン　15　♀
一般教養科に在籍。出版社でバイトをしている。メイシェン、ナルキと幼なじみ。
●デルク・サイハーデン　??　♂
レイフォンとリーリンの養父。レイフォンにサイハーデン流の技を託した。
●ティグリス・ノイエラン・ロンスマイア　??　♂
グレンダン三王家・ロンスマイア家の天剣授受者。女王アルシェイラの祖父。

バンピー・ホット・ダッシュ

しまった、やらかした。

後悔《こうかい》したところでもはや遅《おそ》い。言ってしまったことはもはや引っ込められない。取り消しはきかない。エド・ドロンにできることは自分の言葉が生みだした衝撃《しょうげき》と興奮と期待が一瞬《いっしゅん》で沸点《ふってん》に達してしまう場面を見守るだけであり、その後に起こるであろう未来を想像して絶望するだけだった。

「ほんとうなの、エド君!?」

期待のこもったまなざしは湿《しめ》り気を帯びている。今にも泣きだしそうなほどに、頰《ほお》は上気して赤くなり、息遣《いきづか》いさえもやや荒《あら》くなっているように見える。

エドはたまらない気持ちになった。

（謝《あやま》ろう）

その一方で冷静な部分はそう結論付け、行動を促《うなが》している。今ここで直面している危機を回避《かいひ》するにはそれしかない。「ごめん、嘘《うそ》」「えー、なにそれ」こんな感じで済むことになると思う。たぶん好感度は下がる。もしかしたら「えー、なにそれ」の後に「信じられない」が付いて「最低」が付随《ふずい》し「死ね」でとどめを刺《さ》してくるかもしれない。いま興奮して濡《ぬ》れたようになっている瞳《ひとみ》が乾燥《かんそう》した冷たい目となりエドの心を刺し貫《つらぬ》くかもしれない。

それは勘弁《かんべん》してほしい。

だけど、今がそうであればあるほど、このタイミングを逃《のが》せば期待は嫌《いや》でも膨《ふく》れ上がり続け、それに応《こた》えられなければ、その反動は恐《おそ》ろしいものになる。嫌悪《けんお》のこもった「死ね」ではなく、リアルな命令での「消えろ」になるかもしれない。

それぐらいのことは、エドにだってわかっている。

だけど、さらに言ってしまったのだ。

「だーいじょうぶ！　絶対セッティングしてみせるから、なにしろおれ、あいつとは友達なんだから」

「本当に、本当にお願いね」

興奮した彼女《かのじょ》がエドの手を握《にぎ》る。息がかかる距離《きょり》に彼女の顔がある。普段《ふだん》は絶対にこんな近距離に寄ってこない彼女の急接近に、エドは完全に舞《ま》い上がってしまった。

天国に昇《のぼ》った気分で、
地獄《じごく》行きのスイッチを押《お》しました。

「任せといて！」

さあ、どうしよう。

ストレスで胃に穴が開くって話は事実らしい。エドは自分の体で実感してしまった。まだ開いてないけど、おそらくそう時間をかけずに喀血《かっけつ》することだろう。

昼休憩《きゅうけい》である。エドはいつもの弁当屋で買ったデラックス弁当に少しも手がつけられなかった。弁当屋仲間が新しく入ったバイトの女の子のことで盛り上がっているのに、それに参加する気になれなかった。なにしろ、どんな女の子かも見てなかったのだ。

世界の全《すべ》てが黒く染まっていた。

お先真っ暗とはまさしくその通りだと、エドはいろんなマイナス方向の格言ぽいものを思い出してそれを肌身《はだみ》に感じていた。

(なんで、あんなこと言っちまったんだろう?)

自分を振《ふ》り返る。エド・ドロン。ごく普通の一般人《いっぱんじん》だ。身長は男子の平均よりもやや低い。体重はやや多い。スタイルはいわずもがな。顔は、鏡でいろんな角度を試《ため》していると虚《むな》しくなってくるぐらいだ。

振り返ってさらに自己嫌悪《けんお》してしまう。負の重圧が胃にのしかかってきて、弁当の中身を見るのさえ嫌になってきた。

ふたを閉じる。

「食べないの？」

いきなり背後からかかった声に、エドは跳《と》び上がりそうになった。他の連中の声なら、たぶん今のエドの耳には聞こえてこなかったはずだ。実際、弁当仲間の会話はぜんぜん聞こえてなかった。

だが、この声だけは別だ。すべての元凶《げんきょう》の声だから。

悪魔《あくま》の声だ。

「よ、よう」

振り返って、エドはなんとか虚勢《きょせい》を張って挨拶《あいさつ》した。

「今日は一人なのか？」

そう、珍《めずら》しくこの悪魔は一人だった。いつもは取り巻きのようにクラスメートの女の子を三人もつれているくせに、今日は一人だ。

「うん、今日はちょっと」

悪魔は微妙《びみよう》な笑《え》みを浮《う》かべて言葉を濁《にご》した。ほのかな可愛《かわい》さのある顔がそういう表情をすると、女性は助けたい気持ちになるらしい。エドがあんな顔をすると気持ち悪いと言われるのに。

(すべてのモテ系は滅《ほろ》んでしまえばいい)

そんな呪《のろ》いの言葉が湧《わ》いてくる。もちろん口にはしない。武芸者と一般人の間で暴力沙汰《ざた》が起きれば、武芸者が確実に悪いことになるけれど、それ以外での争い事では武芸者が有利になる場面が多い。

いや、この一言で大きな問題になることはないと思うけれど、クラスの女子連中は確実に敵に回ってしまうだろう。いまもいつもの三人がいないのをいいことに、話しかけるタイミングをうかがっている集団がいくつかある。

(ああ、まったく……)

この悪魔……レイフォンのどこがいいのだろうと、エドは心の底から疑問に思う。

顔はいい。身長もそれなりに高い。手足のバランスもいい。なにより武芸者だ。しかも一年生なのに小隊員で、しかも強い。小隊対抗戦《たいこうせん》ではかなり活躍《かつやく》していた。勉強が少し苦手というところに愛嬌《あいきよう》がある。しかし調理実習では活躍して家庭的な面もあったりする。疑問なんてあっという間に払拭《ふつしよく》されてしまう。スペック面で全滅《ぜんめつ》だ。

(死んでしまえ)

こんな完璧《かんぺき》君がどうしてこの世に存在する？　エドに勝てる部分があるとすれば勉強ができるぐらいだが、それも上を見ればエドより成績優秀《ゆうしゅう》な生徒はたくさんいる。そしてその成績優秀な生徒の中にはエドよりもいい男はやっぱりたくさんいる。

例えば頭の良い男の代表、生徒会長のカリアン・ロス。知性、権力、富、ルックス。三拍子《びょうし》ならぬ四拍子。お願いですから存在しないでください。

全世界の自分よりもいい男たちに呪いの言葉を吐《は》きながら、目の前のレイフォンには普通の顔で対応する。

これが処世術さと、泣きたい気分で斜《しゃ》に構える。自分でもなにを言ってるんだかよくわからない。

「へぇ、珍しい。喧嘩《けんか》でもしたとか？」

適当に話を合わせ、そしてさっさとお帰り願おう。

「いや、そういうんじゃないんだけど……」

言葉尻《じり》があいまいだ。もしかしたら本当に喧嘩したのかもしれない。そう思うとざまぁみろという気分になる。

「ところでそれ、食べないの？」

なぜか、レイフォンの視線はエドの弁当から離《はな》れない。

「……もしかして、欲《ほ》しいとか？」

「うん、今月ちょっとピンチだから、節約しようと思ってたんだけど」

武芸者っていうのは大食らいが多いから、これぐらいの弁当は女性武芸者でも簡単に食べる。それで太らないのだからやっぱり憎《にく》らしい。たまには贅肉《ぜいにく》まみれになってみやがれ。

いや、武芸者だからマッチョになるんだろうな。武芸長みたいに。

マッチョになったレイフォンを想像した。それはけっこうおもしろいかもしれない。

いやいや、そんなことよりいつもはメイシェンの手作り弁当を食べているではないか。

それがないということはやはり喧嘩したということなのか？

（もしかして、けっこうチャンス？）

チャンス……そう考えるとやっぱり気分が暗くなる。たとえ成功したとしても、決して良いことにはならないような気がする。

しかし、実現させないとやっぱり悪い展開になる。

「売ってやろうか？」

「いくら？」

乗ってきた。本当に腹が減ってるらしい。

「高いよ、定価だ。いらないんでしょ？　百」

意外にせこい。武芸者は金持ちの癖《くせ》に。

「三百」

「百五十」

「値段のすりよせくらい知ってろよ、二百五十」

「二百」

そこで手を打った。

じゃあ、とカードのキャッシュ譲渡《じょうと》をいじりだすレイフォンに、エドは話しかけた。

「頼《たの》みを聞いてくれたら、ただにするけど」

ぴたりと、その指が止まった。

「なに？」

話は決まった。

†

場所を移した。屋上だ。ここからなら隣《となり》の校舎がよく見える。

「あそこにいる彼女、見えるか？」

「髪《かみ》がこんな感じになってる子？」

レイフォンがフォークを持った指を頭にやってくるくると回す。

「そうそう」

頷《うなず》いたが一般人《いっぱんじん》のエドにはここから彼女の姿はよく見えない。クラスメートらしい女生徒たちとおしゃべりをしているぐらいしかわからない。

だけれど、その様子からくりくりとした巻き毛が動作に合わせてふわふわと揺《ゆ》れ、つぶらな瞳《ひとみ》とよく笑う柔《やわ》らかい口元は想像できる。

「アイミ・ククっていうんだ」

「ふうん」

レイフォンの感想はそれだけだった。

「知らないか？」

「知らない」

弁当を食べながら首を振《ふ》る。彼女を確認《かくにん》しただけで後は興味の欠片《かけら》も示さない。そんなレイフォンの態度に安心していいのか、腹を立てていいのか、エドは微妙《びみょう》な気分になった。

「第十七小隊のファンクラブの子だぞ？」

「……へ？」

初めてレイフォンが弁当を食べる手を止めた。

「なにそれ？」

「なにそれって、知らないのか？　ファンクラブ？」

「知らないよ、初めて聞いた。なにそれ？」

「なにそれって……ファンクラブはファンクラブだ」

エドは一から説明しなければいけないのかと、ため息《いき》を吐《つ》いた。

「ほとんどの小隊にはファンクラブが付いてるぞ。対抗戦《たいこうせん》は学園都市でも一番でかいイベントなんだから当然だ。対抗試合の応援《おうえん》にだって来てただろう？」

「ふうん」

「ふうん……って、それで終わりかい!?」

「ファンクラブって言われても、よくわからないよ。それより、彼女がどうしたの？」

こちらが言いにくいと思っているところに、ずばりと質問を入れてくる。

「……察しろよ？」

「………………？」

本気の顔で首を傾《かし》げてくれました。

エドは苦々しい気分になった。わざとですか？　わざと男の純情をもてあそんでくれてますか？　この男は。

「モテめ」

「……前にも言われたけど、どうして僕《ぼく》がモテなの？」

「その顔がすでにモテだ」

モテと言われたことに照れも動揺《どうよう》もせず、単純に疑問を抱《いだ》くその純真な顔がすでにモテだ。

「非モテの敵だ。なんだその化け物みたいなスペックは。もう少し他の男のことも考えて自重しろ」

「なんか無茶なこと言われてる」

レイフォンは不満顔で再び弁当に集中する。こんな時でも食欲優先ですか？

「……あの子とはバイト先で知り合ったんだ」

レイフォンの意識改革を優先していたらいつまでも話が進まない。なにより、話を先に促《うなが》す気もなさそうだ。エドはこんなことを自分から説明しなければいけない気恥《きは》ずかしさに顔を引きつらせながら話しだした。

エドは自分の部屋に近い小売店でバイトをしていた。裏で荷物を動かしたり、梱包《こんぽう》したり、棚《たな》に並べたりするのが主な仕事だが、たまにレジ打ちもする。それ位の小さな店だ。

そこにアイミがやってきた。

「知り合ったたっていっても、別に仲良くなれたわけじゃない。むしろ、向こうはおれに近づいてきやしなかった」

同じ職場にいるのに、交流なんて無きに等しい。それ自体は別に珍《めずら》しいことじゃない。ツェルニに来る前の学生時代だってそうだし、来てからもそうだ。クラスメートの女子半分以上と、もしかしたら事務的な会話すらしたことがないかもしれない。

ああ、わかってる。自分には異性とのコミュニケーション能力が激しく欠如《けつじょ》している。だけれど、だから人を好きにならないということとは違《ちが》う。

「おれは、あの子を好きになったんだ」

誰《だれ》にも言ったことのない言葉だ。告白したこともなければ、男友達連中にだって言ったことがない。

恥ずかしさでレイフォンの顔を見ることもできなかったエドは、床《ゆか》を見ていた。

レイフォンからの返答はない。ちらりと見るとフォークを持った手が止まっている。

仕方なく、エドは顔を上げた。

そこには、なぜか耳まで真っ赤にしたレイフォンがいた。

「な、なんでお前が赤くなるんだよ⁉」

「し、知らないよ。ていうか、なんでそんなことを僕に言うんだ」

「うるさい！　お前に言わないと話が進まないからじゃないか」

「なんで⁉」

「そういう話の流れになっちゃったんだよ！」

レイフォンの声が恥ずかしさを吹《ふ》き飛ばそうと大きくなる。エドも自棄《やけ》になって声を上げた。

「なんで⁉」

「なんでなんでうるさい！　なっちゃったもんは仕方ないだろう！」

アイミが第十七小隊のファンクラブに入っていることを知ったのは最近だ。小隊対抗戦が終わった後で同じバイトになったのだから仕方がないともいえる。彼女はバイト仲間にはそのことを特に喋《しゃべ》ろうとはしてなかった。いつも他愛《たわい》のない会話で笑っていた。

そのことを漏《も》らしたのは、この間が初めてだ。

武芸大会、都市対抗戦。学園都市マイアスでの戦いの後、一週間経《た》って戦勝気分が抜《ぬ》け、都市内にいつもの空気が戻《もど》ってきた時だ。

「あーあ、わたしも見たかったな。レイフォンが戦ってるとこ」

暇《ひま》な時間だった。エドは商品棚の整理や補充《ほじゅう》をしていて、アイミもそれを手伝っていた。バイトは他に誰もいなかった。店長は事務所でなにかをしていた。

二人きりだ。

チャンスだと思った。

だから、言っちゃったのだ。

好都合なことに、アイミのクラスは隣《となり》の校舎にある。ツェルニは普通《ふつう》に暮らしている分には隣の校舎の生徒とまでは中々交流できない。それだけ生徒の数が多いということもあるし、授業が終われば自分の生活のためにバイトをしなくてはいけない者が多い。そのため、交流の輪はクラスとバイト先と、余裕《よゆう》があればクラブ活動やそれ以外でのサークル活動となる。

レイフォンは武芸者として忙《いそが》しく動き回っているし、そのバイト先は一番厳しいと噂《うわさ》の機関掃除《そうじ》だ。アイミとの接点はない。問題となるのはファンクラブで手に入る情報だが、そこは賭《か》けだ。

だから……

「おれ、レイフォンとクラスメートだよ。ちょっと、仲が良いんだ」

こう言った。

ばれないだろうとかそんな考えは、実はその時にはなかった。先ほど考えたことは全部後付けの、自分を正当化させるためのものばかりだ。

すごい馬鹿《ばか》なことをしたという自覚はある。

「なんで!?」

「ああもう、ほんとにそればっかり……仕方ないだろう、言っちゃったんだから。その場の勢いなんだよ」

茫然《ぼうぜん》としているレイフォンに投げやりに答える。まだ、仲が良いまでしか話してないじゃないか。そもそもそこで驚《おどろ》くってどうなの？　ちょっと心が痛いんですけど。

「……で、それでどうしたの？」

レイフォンの顔がひきつってる。もしかしたら、その話の流れになんとなく嫌《いや》な予感があるのかもしれない。だからあんなに驚いたのか。

だとしたら、心の痛みはなくなるけどやっぱり気が重くなる。

「で、な。お前と三人で遊びに行くって約束した」

「あ、はぁ……」

「だけどな、向こうは絶対デートのつもりだ」

「うっ」

あの、嬉《うれ》しさで濡《ぬ》れた目を思い出すだけで歯嚙《はが》みしたくなる。目の前で情けなく狼狽《ろうばい》しているこいつのために、アイミはあんな目をしたのだ。

だけど、そんな目にさせたのは自分でもある。

あの目は、裏切れない。

嘘《うそ》を真《まこと》にしないといけない。

「いいか、レイフォン」

弁当を持ったまま動けなくなっているレイフォンの肩《かた》を摑《つか》んだ。細身なのに、触《さわ》っただけでそこに筋肉が詰《つ》まっていることがわかるような硬《かた》くて重い肩だった。

これが武芸者……思えば、エドは初めて武芸者の体に触《ふ》れたのではないだろうか。

「おれは、アイミが好きだ」

「あ、ああ、うん。そうみたいだね」

気を吞《の》まれた様子でレイフォンが頷《うなず》く。百戦錬磨《れんま》、第十七小隊のエースがエドの目に吞まれている。エドの必死さが伝わっている。

「だから絶対、今度のデートは成功させる。最高のデートにするんだ。そのためにお前の協力がいるんだ。頼《たの》む」

肩を摑んだまま、エドは頭を下げた。

「え、う、うん。わかった」

呑まれたままレイフォンは同意してくれた。

ここまでは問題解決。

さあ、次の問題だ。

「で、だ。レイフォン」

「うん」

「どうすれば最高のデートになると思う」

「へっ？」

「いや、おれってそういうのしたことないんだ。レイフォンはあるだろう？　どうすればいいと思う？」

「し、知らないよう！」

屋上で、レイフォンの絶叫《ぜっきょう》がこだました。

†

問い、自分たちの知識にないことに挑戦《ちょうせん》する時は、どうすればいいですか？

答え、知識のある人に助言を請《こ》いましょう。

そういうわけで、ここにやってきた。昼からの授業はサボった。そんなことをしている場合じゃないし、授業が終わればレイフォンは小隊の訓練がある。それは絶対にサボれないというので、それならいま動くしかないということになる。

ここ……といっても目当ての場所があったわけじゃない。そもそも、最初の目当ての場所に残りの昼休憩《きゅうけい》の時間を使って行ったらいなかった。

だから結果的にサボってしまったということでもある。

「よう」

その人物は呑気《のんき》に芝生《しばふ》に寝転《ねころ》んでいた。

「珍《めずら》しいなレイフォン、お前ってサボるキャラだっけ？」

「シャーニッド先輩《せんぱい》を探してたからですよ」

夏季帯が近くなってるおかげか、最近は芝生で寝そべっていても寒くはない。むしろ日《ひ》陰《かげ》になっているこの場所は涼《すず》しくて気持ちいいくらいだ。しかし、だからといって公園でなくて歩道の側《そば》にある人工林の中にいるのはどういうつもりなのだろうか？

そもそも、レイフォンが声をかけるまで、このシャーニッドという人がそこにいるのさえわからなかった。

「ここで殺到《さっけい》の練習ですか？」

「ああ？　このおれがそんなことするわけないじゃん。寝てただけだよ。もし、そう見えたのなら……おれの才能が溢《あふ》れてるだけの話だって」

顎《あご》に手を当ててにやりと笑う。それが様になっているのがエドには腹立たしかった。レイフォンよりもはっきりといい男だ。第十七小隊の狙撃手《そげきしゅ》、シャーニッド・エリプトンという男は。

「で、なんでおれを探してたんだ？」

「ちょっと相談したいことが」

「ん〜？」

シャーニッドはレイフォンを見、そして後ろにいたエドを見た。すでに相談がレイフォンからではなくエドからのものであるのを承知したような顔だった。

「で？」

真っ向から見られては、レイフォンに任せておくなんてできない。

素直《すなお》に事情を話した。レイフォンの時のような勢いは出てこずに、小声でぽつぽつとした話し方になってしまった。

これが本来の自分だ、と痛感してしまう。慣れた相手にならまだなんとか普通を装《よそお》うことができるが、そうでない相手だと辛《つら》い。アイミとまともに話したことがなかったのは、彼女がエドを見ていなかったせいもあるが、それ以上に自分から話しかけることができなかったからだ。

「よしわかった」

全《すべ》てを話し終えると、シャーニッドは大きく頷いて、膝《ひざ》を叩《たた》いた。いつのまにか芝生の上で胡坐《あぐら》をかいて、三人で輪を作っていた。

「要は、そのデートの日にレイフォンじゃなくてお前さんにメロメロになるようにしたいわけだな」

「ま、まぁ……あ、い、いえ、そんなこと考えていたわけじゃなくて」

「ん？　そこで勝負かけないとお前さん、勝ち目ないよ？」

「へ？　ええ!?」

「まぁ、そういう方向性で行こうぜ。で、いつよ？」

「あ、それは今から……レイフォンに予定を聞くって言ったんで、今日のバイトでシフトが被《かぶ》るから……」

「ああ、つまりはこっちで決めていいってわけだ」

なんだか自分でもうまくまとめられなかった言葉を、シャーニッドは正確に聞きとってくれたようだ。

「じゃあまぁ、三日後ってとこか？　あんま長く待たせてもうまくないし、三日後は全体練習で午後は暇《ひま》になるしな。レイフォン、あんま汗《あせ》出すなよ。いくらお飾りでも汗臭《くさ》いのはいけない。全体練習だからシャワー浴びてる暇もないだろうからな」

「はぁ……」

「まっ、服の方は適当に余所《よそ》行《ゆ》き用意しとけ。あんまり気張んなくていいからな」

「そんなにいいのは持ってないですよ」

「ああ、そうだろうな。それでいいよ。で、エドだっけ？　問題はお前だ」

「はい！」

思わず、背筋を伸《の》ばした。

「お前さん、服のセンスは自分的にどう思ってる？」

「……あんまり、よくないと」

そもそもこの体型だとあまり似合うものがあるように思えない。かっこいい服はほとんど、スリムな体型に合わせて作られている気がする。

「そりゃ、お前さんがカッコイイと思ってる服がそうなだけだろ。まぁ、見本のマネキンなんかはみんなそうだもんな。仕方がねぇっちゃ、ねぇな」

「はぁ……」

「よし、今から服を見立てに行くぞ」

「ええ？」

「当たり前だろう？　その女の子、落としたいんだろ？　それならそれなりに気張りな。そうでなくともお前さんは不利な勝負をするんだからな。バッチバチに決めていこうぜ」

「は、はい！」

シャーニッドに親指を立てられ、エドは励《はげ》まされた気分になった。

†

そして三日後。

集合場所に先に来ていたレイフォンはエドの顔を見て驚《おどろ》いた。

「ど、どうしたの？」

「ああ、やっぱりわかるか？」

この三日間、本当に忙《いそが》しかった。シャーニッドは服を見立てるだけでなく、エドにデートコースの助言までしてくれたのだ。

その助言に従って下調べと店の予約に走りまわった。

これでよし。そう満足したかったが、なにしろ初めてのことだ。あれでよかったのかと不安になるし、回る順番はあれでよかったのかと考えだすと眠《ねむ》れなくなったのだ。何回も頭の中で確認《かくにん》したりシミュレートしている内に、気がついたら朝になっていて、そしてこの時間になっていた。

おかげですっかり寝不足《ねぶそく》だ。

「大丈夫《だいじょうぶ》なの？」

「そのための、こいつだ」

エドは栄養ドリンクを取りだすと、その蓋《ふた》を開けて一気に飲み干した。ビンに張られたラベルには武芸者御用達《ごようたし》の高栄養ドリンクと書いてある。

口の中に薬草のエキスを濃縮《のうしゅく》させたようなエグイ味が広がる。これは、効きそうだ。

だが、レイフォンは無情なことを言う。

「……飲んでる人、見たことないよ」

「マジで⁉」

「小隊に入れるぐらいの人なら、活剄《かっけい》で二、三日の徹夜《てつや》なんてどうとでもなるし」

「いや、効く！　病は気から！」

レイフォンの言葉を無視して、エドは自分に言い聞かせた。

アイミが来るまで、まだ少し時間がある。

エドは自分の服装を確認した。太めの体をさらに大きく見せるダボダボのシャツに、デニム柄《がら》のズボン。今日のために髪《かみ》も短くした。

正直、これを初めて着た時も、そして今も、似合っているとは思えない。

「似合ってないと思うのは、お前さんがその姿に慣れてないからだ」

シャーニッドにはそう言われた。

「いいか、とにかく第一なのは清潔感だ。その次が普段《ふだん》とは違《ちが》うということだ。さらに大事なのがその子のために努力するってことだ。格好もその一つだ。僕はあなたのために頑張《がんば》りますってのをアピールするんだ」

なんかそんな感じに押《お》し切られた。

しかし、それを思い出しているとなんとなく自分に自信が出てくるような気になってくるから不思議だ。

レイフォンを見ればさっぱりとした服装で、むしろ地味な印象だ。

（いけるかもしれない）

そんな気分になってきた。根拠《こんきょ》があるのかないのか自分でもよくわからないけれど、とにかくなんとかなりそうな気がしてきたのだ。

そうしていると、彼女がやってきた。

「おまたせしました！」

小走りにエドたちの前にやってきたアイミは、息が切れた様子でレイフォンを見上げた。

「アイミ・ククです」

「えと……レイフォン・アルセイフです」

「知ってます！」

にっこりと笑《え》みを浮《う》かべたアイミの顔はいつもよりもずっと輝《かがや》いていた。

それは、エドにはとても心痛い光景で、出鼻をくじかれる一撃だった。

デートが始まった。

始まった瞬間《しゅんかん》から……いや、始まる前からわかっていたことだが自分はおまけであるということをしみじみと感じさせられてしまった。

「これから、どうしますか？」

アイミが腕《うで》を絡《から》ませんばかりの勢いでレイフォンに接近する。

「え……と」

そんなレイフォンは困った顔でエドを見る。

エドは予定を話した。この時間のために駆《か》けずり回って考え尽《つ》くして作り上げたスケジュールだ。

「あ、うん。とりあえず昼ごはん食べてさ、それからちょっとぶらぶらしようかなって……」

「それなら！　わたし美味《おい》しいところ知ってますから、そこ行きましょう」

手を叩《たた》いて提案するアイミは本当にうれしそうで、思わず同意してしまいそうになった。

（いやいや……）

エドは首を振《ふ》る。

「あ、あのさ。今日はもう店予約しちゃってるんだ。だから、そっちに」

「えー」

「う、ごめん」

不満そうな顔をされて、エドは一気に萎縮《いしゅく》してしまった。

「エドが用意してくれたところ、僕も楽しみにしてるんだ」

すかさず、レイフォンがフォローに回ってくれた。

「そうなんですか？　それならいいですよ」

アイミがすぐに態度を変えて「じゃあ行きましょう」とレイフォンの手を引く。

（これは……やばい）

すぐに直感した。自分の出る幕なんてまったくないかもしれないと。

エドが予約した店はちょっと値の張るレストランだった。昼間だというのに照明はやや暗く、雰囲気《ふんいき》のある音楽が流れている。

正直、エドの財布《さいふ》には決してやさしくない。

レイフォンはもともとお金を持っていないし、そもそもエドの頼《たの》みでここにいるのだから奢《おご》って当然、アイミもいわずもがな。

つまり、全《すべ》てエドの負担だ。

（うう……）

エドは心の中で泣いた。今日のための服もけっこう高かったし、おかげで貯金を崩《くず》してしまっている。

その成果にすでにまったく展望が持てないというのは、いったいどこの笑い話なのだろうか？

でも、食事は美味しかった。質より量のエドはこんな店には絶対に近寄らない。クラスメートのツテで紹介《しょうかい》してもらった、料理雑誌を作っている編集部の人に頼みこんで教えてもらったのだ。

「エドくん、こんなお店知ってるんだ」

「あ、うん」

「すごーい」

アイミが感心した目でエドを見た。話しかけてくれた。

それでなんか、救われた気になった。あいかわらず、アイミは会話の九割九分をレイフォン相手にしているだけなのだけれど、それでもいいって気分になった。

……やっぱり財布は痛いのだけど。

食事をして、デザートまでしっかり堪能《たんのう》して店を出る。

「ちょっとトイレ」

出る段になってからレイフォンがそんなことを言い、エドたちは店の前で待つことになった。

思わぬ二人きりの空間だ。

(な、なにか話さないと)

アイミは巻き毛を指に絡ませながら遠くを見ている。退屈《たいくつ》させているのではないかと思うと、さらに思いが急《せ》き立てられる。

「あ、あ……今日は暑いねぇ」

事実、今日は空を覆《おお》うエア・フィルターの向こうに雲の姿もなく、陽光が遠慮《えんりょ》なしに降り注いでいる。やはり夏季帯が近づいている。陽《ひ》にこもる熱が日増しに気温を上げているのが感じられる。

「そうね」

どちらともつかない平板な声で、アイミも空を見上げた。

その横顔に見とれる。アイミもこの暑さのために半袖《はんそで》だし、胸元《むなもと》も広く開いたものを着ている。その滑《なめ》らかな肌《はだ》の上で小さな汗《あせ》の粒《つぶ》が陽光で光っている。

知らずの内に喉《のど》が上下した。

(もしかして、このタイミングか?)

エドは心に決めていることがある。これはレイフォンにもシャーニッドにも話していない。

今日、告白しよう。

そう決めているのだ、実は。

だが、そのためにはレイフォンが邪魔《じゃま》だ。なんとか二人きりになるタイミングを見つけないといけない。

それがいま来た。

(いまなのか？　でも、この後も予定があるし……)

成功すればそのままレイフォンバイバイ。さあ、これからが本当のデートだ！　になるのだけれど、失敗すればかなり気まずいことになる。

(やっぱりもうちょっと後にしよう)

そういう結論になる。なってしまう。へたれだと心の中のもう一人の自分が言っているがへたれでけっこう、この時間をもう少し満喫《まんきつ》したいという気持ちもあるのだ。

ほんのちょっとでも、自分を見てくれる時間があれば。

「おまたせ」

ドアベルが鳴ってレイフォンが出てくる。

「あ……」

アイミが平板だった表情を笑《え》みにして振り返り、そしてひきつった。

エドも振り返ってひきつった。

レイフォンの顔もひきつっていた。

そこには、レイフォンの背後には、いつもの三人がいたのだ。

メイシェン・トリンデンが恐縮《きようしゆく》したように。

ナルキ・ゲルニが値踏《ねぶ》みするように。

ミィフィ・ロッテンがなにかを期待した目で。

そこにいる。

「なんで⁉」

高速でレイフォンを引っ張ると、小声で詰問《きつもん》した。

「いや、僕にもよくわかんなくて……トイレから出たらいたんだ」

「気づけよ武芸者」

「殺気でもあったら別だけど、そうじゃなかったら無理だよ」

「ねぇ、そっちの話は終わった？」

ミィフィが二人の間に顔を割り込ませてきた。

「うわっ」

「終わったんなら、さっさと次行こうよ。いきなりこっちだけ置《お》いてけぼりになっても会話も弾《はず》まないしね」

「へ？　ついてくる気？」

一応、この三人とはクラスメートである。ろくな会話もしたことがないとはいえ、エドもそれほど緊張《きんちょう》せずに話せる。

「だーいじょうぶ、別に奢れなんて言わないから」

ミィフィがエドにだけ見えるように怪《あや》しい笑みを浮《う》かべた。わかってる。他の二人は知らないがこの女はすでに事情を理解している。

(なら、どうしてついてくるんだよ!)

なんてことが言える度胸はエドにはなく、結局、六人という大所帯となってしまった。

アイミは一気に不機嫌《ふきげん》になっていた。

はらはらとした気分が胃を痛くさせる。

(どど、どうしよう)

「わぁ、すごいね」

「きれいだねー」

「こう……な、巻くような感じだって言われたんだが…………」

「ゴルネオの言う通りにした方がいいと思うよ」

そんなエドの気持ちも知らずにメイシェンとミィフィは周囲で展開されている光景に感《かん》嘆《たん》の声を上げている。その背後でレイフォンとナルキがなにやら武芸的な会話をし、そのすぐ隣《となり》では……

「…………」

始終黙《だま》りっぱなしのアイミがいる。その顔には笑みがない。

(うう……)

控《ひか》え目にアイミの隣に立っているエドは胃が痛くてしかたがない。

エドたちはいま、養殖湖《ようしょくこ》の底にいた。湖底には耐圧《たいあつ》ガラスで覆《おお》われた広い通路があるのだ。都市内の全《すべ》ての水産資源を賄《まかな》う養殖湖は広大であり、同時に様々な魚類、水生の動植物が存在する。一般《いっぱん》に開放され湖底回廊《かいろう》と名付けられたこの場所は、デートスポットとして有名だ。

すぐ側《そば》を走る別の通路から養殖科の生徒が餌《えさ》を撒《ま》き、それ目当てにやってくる魚が群れをなす。健康状態をチェックしているのか、ウェットスーツを着込んだ者が小獣の背中に乗ってなにかの機材を当てている。

水の世界の幻想《げんそう》的な光景だ。なんというか、マイナスイオンとかアルファ波的なもので癒《いや》し空間となっていてもおかしくないっていうのに……

「………………」

(なんで!?)

泣きたい気分だ。

「すごっ、長っ！　でかっ！　なにあれ!?」

「ええと……ピルルって書いてあるね」

通路のすぐ近くを泳いでいくとてつもなく細長い魚に驚《おどろ》くミィフィと、入口でもらったパンフレットで調べるメイシェン。

「しかし、剄《けい》を変化させるとなると……」

「変質させるのはシャンテもしてるし、ゴルネオもこの間の隊長との戦いでしてたでしょ？　変えやすいとかでけっこう性格に関係してるみたいだけど」

いつまでも武芸的な話を続けるレイフォンとナルキ。

すでにあっちはあっちでいつもの空気みたいな雰囲気《ふんいき》になっている。レイフォンなんてレストランで食事していた時よりもはるかに和《なご》んだ雰囲気になっている。

「………」

アイミからの空気が無言でエドを刺激《しげき》してる気がしてならない。気のせい？　うん、たぶん違《ちが》う。きっと違うね。

「おい」

エドはレイフォンを後ろに引っ張った。

「なに、普通《ふつう》に和んでんだ」

「え？」

「え？　じゃないって！」

エドは小声で叫《さけ》んだ。自分でも器用だと思う。

「でも、関係的に二人っきりになれるからこれでいいって、ミィが……」

「なに言ってんの？　アイミはお前と話したいの。そこの部分がうまくいかなかったらうまくいくわけないじゃん」

「ああ……」

「ああ、じゃないって」

エドは本気で涙目《なみだめ》になりそうなのを自覚した。

「頼《たの》むよ、まじで」

「う、ううん」

「でも、ほんとにそれでいいのかにゃ〜？」

またもミィフィが二人の間に顔を突《つ》っ込《こ》んでくる。

「うわっ」

エドはのけぞる。ミィフィはやはり怪しい笑いを浮かべていた。

「な、なんだよ？」

「あの子がレイフォンと仲良く話しちゃって、本当にそれでいいわけ？」

「い、いいに決まってるじゃないか？」

「でも、それをしちゃうと、やばいよ？」

「なにが？」

ミィフィのもったいつけた態度に、エドはだんだんと腹が立ってきた。

「ファン心理っていうのは、ファン心理で終われば幸せなんだけどねって話〜」

「はっきり言えよ」

「ファン心理でいられれば君に勝ち目があるかもねってことでもあるよね」

まったくもってわからない。だけど腹が立つ。腹が立つ理由はわかっている。

ミィフィがエドの危機感を煽《あお》ろうとしている。

そしてそれに、エドがひっかかっているのがわかっているからだ。

「ミィ」

「は〜い、ごめんなさい」

レイフォンにたしなめられ、ミィフィがおとなしく引いた。友達のところへと戻《もど》っていく。

振《ふ》り返れないままに立ち尽《つ》くしていると、レイフォンが背中を叩《たた》いた。動作としてはかなりゆっくり。だけどそれは激しい振動《しんどう》となって怒《いか》りに我を忘れかけていたエドを揺《ゆ》り動かした。

「ミィがよくわかんないのはいつものことだよ」

レイフォンはゆるい笑みを浮かべていた。ゆるいけれど、暖かかった。

「あの子に楽しんでもらうんでしょ？」

「あ、ああ。うん、そうだ」

思い出した。そのためには、こんな顔はしてられない。両手で顔をごしごしとこする。強張《こわば》っていた表情が緩《ゆる》んだ気がした。

「がんばろう」

レイフォンが励《はげ》ましてくれる。

（こいつ、いい奴《やつ》だな）

エドは初めてレイフォンのことをそう思った。

†

それからミィフィたち三人は別行動といって、わかれ道のところで離《はな》れていった。どうやら今日のことを知ったのはミィフィらしく、その彼女の提案でアイミを観察に来たという話のようだ。

別れ際《ぎわ》に、ミィフィがこっそりとエドに謝《あやま》った。「ごめんね」とあまり反省してない様子ではあったがエドはもうため息を返すだけで、それ以上考えるのが面倒《めんどう》になってしまった。

とにかく、今日の目的は果たすんだ。

改めてそう覚悟《かくご》したのはミィフィの煽りがあったからで、そういう意味では彼女に感謝してもいいかもしれない。

いまはとても、そういう気分にはなれないけれど。

機嫌《きげん》を取り戻したアイミが凄《すご》い勢いでレイフォンに話しかけているのを、エドは後ろから見ている。彼女はとても楽しそうで、そして幸せそうだ。

これでよかったんだと、エドはほっとする。

だけど、胸の奥《おく》はちりちりする。

この痛みの理由はわかってる気がする。嫉妬《しっと》だ。だけど、レイフォンに対する嫉妬では、もうなかった。

過去の自分に対してだ。

レイフォンと仲良しだなんて言って彼女の気を引こうとした自分にだ。嫉妬という表現はおかしいのだと思う。単純に怒《おこ》っているでいいのかもしれない。だけど、笑顔《えがお》を浮《う》かべるアイミの隣《となり》にいるのが自分ではないという状況《じょうきょう》には嫉妬している。

嫉妬し、怒っている。

確かに、アイミの気を引くことはできた。初めて彼女とまともな会話をすることができたし、こんな風に学校の外、バイトの時間以外で彼女と接することができた。

だけどそれはレイフォンがエドに協力してくれたからだ。レイフォンが協力してくれなかったら最悪の事態となっていたに違いない。

レイフォンを利用せず、こんな風にしたかった。

アイミと二人《ふたり》きりでこんな時間を作りたい。

(よしっ)

拳《こぶし》を握《にぎ》り締《し》める。今度こそ覚悟はできた。

告白しよう。

そう決めた。決めたったら決めた。

(絶対だ)

まだまだ腰《こし》が引けている自分に活を入れるつもりで、エドは強く強くそう念じた。

湖底回廊《かいろう》を抜《ぬ》けると、けっこういい時間になった。夕食にはまだ早いけど、日は傾《かたむ》き始めている。

そろそろ解散の時間だ。

養殖湖《ようしょくこ》側にある路面電車の停留所に、エドは先んじて行って時間を確認《かくにん》した。ちょうどエドが着いた時に電車は行ってしまったので、次が来るまでにちょっとした時間ができていた。

湖底回廊を歩き続けたために、アイミはけっこう疲《つか》れている様子だった。エドも同様だ。レイフォンは平気な顔をしている。さすが武芸者とぼんやりと思いながら、アイミが停留所のベンチに座《すわ》るのを見つめた。

「喉渇《のどかわ》いちゃったね」

アイミがそう言ってエドを見た。「楽しかったね」というぐらいに軽い調子で、上機嫌で、これが本当に「楽しかったね」ならエドは間をおかずに「うん」か「そうだね」くらい言ったに違《ちが》いない。

だけど言葉は「喉が渇いたね」で……その目はエドをまっすぐに見ている。顔は笑ってるけど目は笑ってない。

「あ、僕が行ってくるよ」

「いや、行くよ」

レイフォンの申し出を断って、エドは自販機《じはんき》を探して停留所を出た。

やばいやばいやばい……エドはすぐに走り出した。湖底回廊を出たところで自販機は見た。それ以外でどこかにあったか……探していると余計に時間を食うかもしれない。最終目的地をそこにして、他に見逃《みのが》しはなかったかと辺りを見回しながら走る。

アイミがなにをするつもりなのか、エドには痛いほど理解できてしまった。だから急ぐ。

幸いにも自販機を見つけることができた。停留所に向かって歩いてるだけだと死角になっていた場所にあったのだ。エドはすぐにジュースを三本買う。好みを聞くのを忘れていたから無難に果汁《かじゅう》百パーセントものを選ぶ。

走って戻る。

だけど、間に合わなかった。吹《ふ》きさらしの停留所には新しい人の姿はなく、レイフォンとアイミの二人だけがそこにいて、ベンチに座っていたはずのアイミが、レイフォンの前に立っていて、真剣《しんけん》な、でも恥《は》ずかしげな顔でなにかを告げていた。

エドの足が止まった。これ以上近づいていいのかわからない。

ミィフィの言っていたことが理解できた。そしてたぶんだけど、シャーニッドもこの未来を予測していたような気がする。そして自分も。忘れようとして、本当に忘れたかったけどできなかった、恐れていた事態。

エドがこの状況《じょうきょう》を作らなければ、アイミはただのレイフォンのファンでしかなかったのかもしれない。レイフォンの活躍《かつやく》と、その周りにいる女の子たちに一喜《いっき》一憂《いちゆう》しながら、ずっとファンのまま、そのうち別のものに興味の対象が移っていたかもしれない。

だけど、一緒《いっしょ》に遊ぶことができた。遠くから見るだけの存在が間近になった。

それはエドとアイミの関係に似ている。この状況がなければ、おそらく告白しようなんて思うこともなく、そのうちアイミがバイトを辞《や》めるか、それともバイトが終わってデートに向かう彼女の姿を虚《むな》しく見送るかのどちらかの未来を受け入れざるを得なかっただろう。

だけど、そうではなくなった。

自分の気持ちを本人にぶつけることのできる場ができてしまった。

どちらにとっても。

気がついたら、ずいぶん近くまで来てしまっていた。いつの間にか歩いていたのだ。

「最低ですよね」

アイミの声が聞こえた。

「彼《かれ》と友達なんて嘘《うそ》なんでしょう？」

風に流されてきたかのようなかすかな声にエドはぞっとした。ばれていたのだ。アイミはレイフォンに対して媚《こ》びるような目を向けている。

「そうですよね。あんなのとレイフォンさんが友達なわけないですよね。だって、レイフォンさんは武芸者で小隊員で、すごいんですから。周りの人もすごいのに、あんなのとわざわざ仲良くなる必要はないですよね」

その通りだ。レイフォンのすごさは入学式の一件で広まっている。エド以外のクラスメートもそう思っていて、簡単なお喋《しゃべ》り以外の部分ではレイフォンとあまり接していない。

レイフォンは、すごい。

そんなのとエドが友達なわけがない。

レイフォンと友達だなんて言った時、エドはどう思っていた？「おれはこんなすごい奴《やつ》と友達なんだぜ」と自慢《じまん》するために言ったのではないのか？　まるで嘘なのに、アイミの気を引くために。

レイフォンは黙《だま》っている。ずっと黙っている。なにを思っているのか、こちらからだと背中しか見えないのでわからない。

「それに、なんなの彼？　あんなに気張った格好して、似合ってもないのに。格好だけでもレイフォンさんと並ぼうと思ったのかしら」

シャーニッドにまで付き合ってもらった服まで馬鹿《ばか》にされて、エドは一瞬《いっしゅん》かっとなった。

だけど、それをアイミにぶつけるなんてことはできなかった。したくてもできなかった。怒《いか》りに任せてアイミの前に立つなんてことはできなかった。この場で立ち尽《つ》くしているしかできなかった。

それは、この一瞬で崩《くず》されていく恋心《こいごころ》にほんのわずかでもすがりついていたからかもしれない。

もう、逃《に》げよう。エドは思った。逃げよう。へたれでもいい。もう逃げよう。

でも、黙っていたレイフォンが口を開き、声が耳に届いて、エドはまた動けなくなった。

「ねぇ、どうして僕にそれを言うの？」

「え？」

「僕が君の言葉に同意すると思った？　そうだねって、言うと思った？」

レイフォンの声には怒りがなかった。なにもなかった。ただ、淡々《たんたん》と言葉を連ねていた。

「レイフォンさん？」

「たしかに、この前まで僕とエドは友達なんて呼べないような付き合いしかしてなかったよ。ただのクラスメートだったよ。本当は、今日だって来たくなかったんだ。メイたちが来てくれた時には本当にほっとしたんだ。彼女たちは入学した時からずっと僕によくしてくれた友達なんだ。だから、とても気が楽になったよ」

そう言われると、エドはまた惨《みじ》めな気分になる。

「でも、本当に嫌《いや》なら、僕は断ってた。でも断らなかったんだ。こんなことは苦手だし、シャーニッド先輩《せんぱい》の方がきっとうまくできるし、やりたくなかった。でも、エドが頼《たの》ってきたのは僕で、君が会いたいっていうのが僕で、僕がやるしかなかった。僕はエドの頼《たの》みを受けたんだ。どうしてだか、わかる？」

それにアイミは答えられない。むしろおびえていた。淡々とした言葉の奥《おく》に怒りのようなものが滲《にじ》んでいるのがわかったんだと思う。

エドもそれを感じていた。

「エドが必死で、君のためになにかをしようっていうのがよくわかったからだよ。だから僕は彼の頼みを受けたし、だから僕は、その時からエドの友達になったんだ。友達を馬鹿にされて、気分のいい人なんていないと思うよ」

アイミがなにかを言おうとした、だけどレイフォンは聞く気はなかった。すぐに背を向けると停留所を去っていく。

彼女の視線がレイフォンを追いかける。その視界に入らないように、エドはすぐに隠《かく》れた。

レイフォンがエドの隣《となり》を歩き去っていく。

「ごめんね」

そう言い残す。歩くのはやめない。エドが隠れているのをアイミに気付かせないつもりなのか、こちらを見ることもしなかった。

エドは、レイフォンを追いかけた。

「ありがとな」

その背中に、エドはそう気持ちを投げかけた。

†

だからといってすぐに気持ちが落ち着くわけもなく。

(ああ、おれは振《ふ》られたんだ)

そんな気持ちをずっと引きずっていた。アイミは次の日から店に来なくなっていた。彼女が今でも第十七小隊のファンクラブにいるのかどうかはわからない。アイミの顔を見なくてすむのはありがたい。別の校舎でよかったとしみじみ思った。

ただ、本当によかったと思えるのは、あの日以来レイフォンがちょくちょく話しかけてくるようになったことだ。真正面から友達って言われたのは初めてだし、自分のためにあんなにはっきりしたことを言ってくれる奴《やつ》は、そうはいない。

(でもやっぱり、振られたんだよなぁ)

そんな風に揺《ゆ》れ動く気持ちのまま、二日ほど過ごした昼休憩《きゅうけい》。

エドは運命的な出会いをした。

いつもの弁当屋でいつものデラックス弁当を頼もうとやってきた。

「いらっしゃいませ」

奥の調理場から顔を出してきた女の子に、エドは胸を貫《つらぬ》かれた。どことなく控《ひか》え目な雰《ふん》囲気《いき》の女の子だ。制服代わりのエプロンが自然に体に馴染《なじ》んで、家庭的な雰囲気もある。

それでいて大人びた感じもあって、エドはその姿を見ただけでドキドキとした。

そういえば、弁当屋仲間の連中が新しく可愛《かわい》い子が入ったと騒《さわ》いでいた。

きっと、この子のことだ。

「御注文《ごちゅうもん》はお決まりですか？」

はきはきとした声で尋《たず》ねられても、エドは声も出せなかった。

これは……恋《こい》だ。

エドは直感した。

これこそが恋だ。これこそが運命だ。

そう信じたエドだけど、それは次の瞬間に裏切られることになる。

エドの後を追うように弁当屋のドアが開く、その子がそちらを見、そして表情がぱっと華《はな》やいだのがわかった。

だけどその口から出たのは、お決まりの店員言葉ではなくて、

「レイフォン、今日はちゃんとお金を持ってきたの？」

「持ってきたよ。昨日が給料日だったんだから」

「もう、ちゃんと貯蓄《ちょちく》しないとだめよ」

「してるって、この間はいつもより使っちゃってて、それでカードにお金がなかったんだって」

「本当かなぁ」

「それよりリーリン、あっというまに馴染んじゃってるね」

「当たり前でしょ、レイフォンと違《ちが》って適応力がありますから」

そんな会話が当たり前のようにされて、それはすごく親しそうで、そして彼女の顔はとてもうれしそうで……

「あ、エド」

振り返ったエドにレイフォンが気付いた。

「この、モテめ――――っ！」

精一杯《せいいっぱい》の憎悪《ぞうお》をこめて、エドは叫《さけ》んだ。

おれとあいつのモーニングタイム

早朝だった。

おれとレイフォンはソースそばパン屋の前で出会った。一年校舎前で屋台を開くオヤジ風の先輩《せんぱい》は、これまで何度も風紀委員会の追跡《ついせき》を掻《か》い潜《くぐ》った猛者《もさ》だという。登校時間にこんなところで商売してるんだから校則違反《いはん》なんだけど、買ってるおれたちに罪はないはずだ。うん。

「おはよう」

「おいっす」

朝から爽快《そうかい》な顔をしているあいつに、おれはテンション低く応対した。

「元気ないね」

「昨日の今日だぞ。元気なわけがない」

「？　昨日、なにかあったっけ？」

当たり前のように首を傾《かし》げるこいつの首を絞《し》めてやりたい。一万パーセントの確率でおれが殺されるけど。もはや確率に意味はない。目の前の建物が突然倒壊《とつぜんとうかい》レベルでも生きてそう。いきなりツェルニ爆発《ばくはつ》なら死んでるかも。……その時はおれも一万パーセント死んでるけどな。

「……なんでもない」

おれはとにかくソースそばパンを五つ注文した。鉄板の上でそばが踊《おど》り、ソースの焦《こ》げる匂《にお》いがたまらない。オヤジはできたてのそれをパンに挟《はさ》んでいく。

ソースそばパンしか売らないオヤジの情熱はしっかりと味に伝わっている。風紀委員のおかげで毎日この場所にいるわけじゃないし、見つけても売り切れていることもある。今朝ここで発見できたのはかなりの幸運だった。この幸運で昨日のことは忘れるべきだろう。

隣《となり》で、レイフォンも同じように注文した。五つ。数まで同じだ。

「それで、昨日のあの子はなんなわけ？」

気を取り直し、おれはソースそばパンが出来上がるのを待つ間、レイフォンに尋《たず》ねた。

一瞬《いっしゅん》の夢だったアレを忘れることはできても、あの子のことはやっぱり気になる。いや、忘れてないからこんなこと聞くんだろうな。ああ、虚《むな》しい。虚しいよ男心。

「幼なじみだよ」

「嘘《うそ》だ！」

おれはそう叫《さけ》びそうになった。いや、幼なじみだというのは事実かもしれない。だけどそれだけのはずがない。

ただの幼なじみが、しかも異性の……があんな親しげに、話したりするわけがない。

おれにだって幼なじみがいる。女の子だ。けっこうかわいい。おれの初恋《はつこい》の相手でもある。

だけど彼女《かのじょ》は、初等学校の二年の時にはもうおれには話しかけてもくれなくなった。

ああ、苦々しいったらありゃしない、おれの青春の始まり。

「ほんとうに幼なじみだよ」

おれの疑心を読み取ったのか、レイフォンがそう繰《く》り返す。

おれたちのソースそばパンが出来上がり、熱々のそれが入った袋《ふくろ》を受け取る。

ちょうどその時、校門の向こうから風紀委員らしき連中がやってくる。おやじはすばやく屋台に飛び乗ると、なにかのスイッチを押《お》した。重苦しいエンジン音。屋台の屋根にある煙突《えんとつ》から薄《うす》い灰色の煙《けむり》が立ち昇《のぼ》る。車輪が回転し、地面を掻く。

風がゴムの焼ける匂いと焦げたソースの匂いをかき混ぜる。

屋台は走り去ってしまった。

それを風紀委員が走って追いかける。武芸者はいそうにない。オヤジは逃《に》げ切るだろう。

ソースそばパンに情熱をかけるオヤジ。かっこよすぎる。

おれもあんな風にかっこよく生きてみたい。

途方《とほう》に暮れていた。

言うまで帰ってくるなはひどいと思う。ミィフィのことだ。いくらあんな結果になったからといって、それはあまりにあまりだと思う。だからこんなことになったなんて、やはり言い訳にはならない。ミィフィの横暴だ。うん。

……と、こんなことをこの場面で思ったところでもはや遅《おそ》いのだろうなということはわかっている。

ここは病室で、そして目の前には……

「……スー…………」

「…………………」

静かな寝息《ねいき》を繰《く》り返すレイフォンがいる。怪我《けが》の治療《ちりょう》は入院初日に終わったらしいのだけれど、今日は別の検査のために薬で眠《ねむ》らされたそうだ。入学してから何度も病院のお世話になっているレイフォンのために特別に行われた検査だという。

起きる様子のないレイフォン。彼《かれ》のこんな寝顔を見るのは、初めてかもしれない。

そしてその隣《となり》に、自分はいる。

どうしてこんなことになったのか？　もう一度考える。

そう、あれは昨日のこと……。

†

その話をナルキから聞いた時、メイシェンは奈落《ならく》に突《つ》き落とされたような気分になった。

窓の向こうはツェルニの勝利に湧《わ》いている。マイアスとの戦闘《せんとう》が終わった夜のことだ。自発的に行われた祝勝会のためにそこら中に灯《あか》りがともされ、窓から見えるいつもは静かな夜景がすごいことになっている。

どんちゃん騒《さわ》ぎの音がガラスごしにここまで届いてくる。メイシェンたちが使ってる寮《りょう》の一階にある、歓談《かんだん》室という名の大広間でもそれは行われているから、その音も混じっているのかもしれない。

「…………え？」

だからもしかしたらその音のために聞き違《ちが》えたのかもしれない。そもそも、どうして自分がこんなにもショックを受けているのかが理解できなかった。

（だって、レイフォンは喜んでるんだろうし、もしかしたらもう会えなかったかもしれないんだし……）

レイフォンの事情を知っているメイシェンとしては、それは一緒《いっしょ》に喜んであげるべきことなのだと思う。レイフォンはもう二度と故郷のグレンダンには戻《もど》れないと思っているし、だからもう二度と会えないものだとも思っていたはずだ。

それが会えた。

だからそれは、一緒になって喜ばなければいけない話のはずなのだ。

なのに、メイシェンの心はずっとさざ波のように揺《ゆ》れ、その振動《しんどう》が心臓を刺激《しげき》していた。

ちくちくと痛みを感じる。

（どうして？）

なんだか、その痛みの理由を知るのが怖《こわ》くて、メイシェンは心臓の上に手を当てた。体を覆《おお》う生地《きじ》を掴《つか》む。

「いや、あのな……」

目の前にいるナルキが言いにくそうに頭を掻《か》いた。疲《つか》れ切った顔だ。相手の都市に潜《せん》入《にゅう》して都市旗を直接狙《ねら》う危険な任務に就《つ》いていたのだし、それが終わったのは今日なのだ。疲れ切っていて当然だし、しかも帰ってきてからは、ずっとミィフィに取材と称《しょう》して根掘《ねほ》り葉掘り話を聞かれて、さらに疲れていた。ソファに投げ出した体を起こすのも億劫《おっくう》そうだった。

それでも、ナルキは言い直してくれた。

「リーリンが、来たんだ」

「なぁ〜んですって！」

でも、ナルキのもたらした衝撃《しょうげき》にやはりメイシェンはなにも言えなくて、代わりに声を上げたのは自室に引っ込んで記事を書いていたはずのミィフィだった。

ドアを勢い良く開けて、リビングに乱入してきたミィフィに二人はびっくりする。

「話は全《すべ》て聞かせてもらったわ！」

「聞くなよ」

うんざりとした顔でナルキが呟《つぶや》く。

「だからお前には言いたくなかったんだ」

「うわっ、ひど。なにそれ、差別、差別反対。平等を訴《うった》える！」

「いいから、とりあえず静かにしよう、な」

本当に疲れているナルキはミィフィのハイテンションに付いていく気などなく、ひらひらと手を振《ふ》った。

だが、それで収まるミィフィではもちろん、ない。ナルキが口にしたのは、その存在を知った時からこの場にいる三人娘《むすめ》にとって最大の懸案事項《けんあんじこう》だったのだ。引くはずもない。情報というものになによりも貪欲《どんよく》な、とくに俗《ぞく》的な情報を好むミィフィが、待てを食らっているしつけの悪い犬のような反応を見せても仕方がない。

「で、どうなの美人？　すっごい美人？　とんでもなく美人？」

「美人以外の選択肢《せんたくし》はないのか？」

「だって、本妻よ、本妻。あの超《ちょう》ド級、絶対鈍感《どんかん》の持ち主、レイフォンの本妻よ」

「本妻言うな」

実際、レイフォンがそのリーリンを恋人《こいびと》として認識《にんしき》しているかどうか怪《あや》しい。彼女《かのじょ》のことを語るのに、レイフォンは幼なじみだとしか言ってない。あるいは、同じ孤児院《こじいん》で育った兄妹《きょうだい》のようなものだと。本当に恋人だとしたら、だったのだとしたら、彼女のことは極力話したくないのではないのだろうか、あるいは話す時になんらかの、気持ちの残滓《ざんし》が混じっているのではないだろうか。

そんな趣旨《しゅし》のことをナルキが話している。疲れているのにこんなことを喋《しゃべ》らされて、ナルキは心底うんざりした顔をしていた。

「そんなことがどうしてわかるのよ？　恋人なんてできたことないくせに」

その言葉はナルキやメイシェンだけでなく、言った本人であるミィフィにもダメージを与《あた》えた。

リーリン・マーフェス。レイフォンの幼なじみ。たぶん、彼の最大の理解者。

そんな彼女がグレンダンからやってきた。

なぜ？

「で、どうしてここに来たの？　まさか、レイフォンに会いたくて？　ロマンス？　ロマンスなの!?」

「ミィ、はしゃぎすぎだ」

ナルキに言われてミィフィはあっと口を押《お》さえてメイシェンを見た。

「いいよ」

気遣《きづか》ってくれる幼なじみ二人に笑顔《えがお》を向ける。

そう、この二人だって幼なじみだ。メイシェンにとっての、大事な大事な幼なじみなのだ。友達と呼ぶだけでは素《そ》っ気《け》なさすぎて、親友だけじゃ足りないくらいにナルキもミィフィもメイシェンにとって大切な存在だ。もう、幼なじみとしか表現のしようがないくらいに大切だ。

（レイフォンにとっても、きっとリーリンさんはそういう存在なんだ）

だけど、だけどだけど……それで収まるのならばとうの昔にメイシェンの気持ちは収まっている。いまさら彼女がツェルニに現れたとしても、心からレイフォンに「よかったね」と言ってあげられるはずなのだ。

でも、そうじゃない。

なぜなら、レイフォンは男で、リーリンは女だからだ。

男女の関係を幼なじみの一言で片づけられるほど、メイシェンの人生経験は深くなく、また素直《すなお》に納得《なっとく》できるほど達観もしていなければ、鈍感にもなれない。

レイフォンが、あの恋愛《れんあい》感情をどこかに置き忘れてきているような彼が、リーリンのことをどう思っているのか、そしてわざわざグレンダンからやってきたリーリンはどう思っているのか。

とても、とてもとてもとても気になるのだ。

「じゃあ、敵情視察だ！」

敵になったつもりはないし、むしろ敵にすらなり得てないかもしれないという事実が脳《の》裏《り》をかすめ、メイシェンはさびしい気持ちになった。

「いい？　わたしたちはメイシェンの恋《こい》を成就《じょうじゅ》させる特殊《とくしゅ》部隊なんだよ？　敵を知ることはなによりも重要な課題だとは思わない！」

力説するミィフィに、メイシェンは顔が真っ赤になる。

とにかく、ナルキはリーリンを見た、というだけでほとんどなにも知らないということが判明し、それならばとミィフィが提案したのだ。都市対抗戦《たいこうせん》でごたごたしたおかげで、翌日の授業は休みとなっていた。

そして夜が明け、今日。

「さあ、どこにいるの？」

「知らん」

朝食終わって、身支度《みじたく》終わり、メモ帳とペンの入ったかばんにひと叩《たた》き、気合いを入れたミィフィの言葉に、ナルキは素っ気なく答えた。

「なんでよ⁉」

「普通《ふつう》に考えれば宿泊施設《しゅくはくしせつ》だろ？　あの後、生徒会の人らに引き取られて行ったたし、その後のことは聞いてない。レイフォンなら知ってるかもしれないけど」

「……レイフォンに聞いたらやばいよね？」

「やばいだろうな」

「……ええと、やめるって選択肢はないの？」

いきなり当てを失った二人に、一応、メイシェンはそう提案してみた。

「いいの？」

ミイフィに真顔で質問されたらもうなにも言えないくらいに弱気な提案だったのだけど。

「じゃ、とりあえず宿泊施設かなぁ」

「そうだな、普通に他都市から来た旅人はそうなるな」

喋りながら身支度を終えた二人はドアに向かい、メイシェンもそれを追いかける。

「そういえばさ、昨日ってかここ最近、放浪《ほうろう》バス来てないよね？　どうやって来たの？」

「それがな、昨日の対戦相手の都市にいたらしい」

「え？　じゃあ、あっちからこっちに？　どうやって？」

「それが、よくわからないんだ」

†

「運良くです」

リーリンはそう言った。そう言うしかなかった。

ここは生徒会棟《とう》にある一室だ。小さなホワイトボードに簡易式のテーブルとイスが置かれている。小人数の話し合いに使われそうな雰囲気《ふんいき》だ。

話を聞く生徒会の人たちもそれで納得してくれたわけではない。が、とにかく偶然《ぐうぜん》うまくいったと言い張るしかなかった。戦闘《せんとう》が終わった後で、急いで接触点《せっしょくてん》を渡《わた》り、そこでレイフォンを見つけた。

生徒会の人にこの質問をされた時には、すでにこう言おうと決めていた。まさか、グレンダンの天剣授受者《てんけんじゅじゅしゃ》にジャンプして運んでもらったとは言えない。本人に内緒《ないしょ》でと頼《たの》まれてもいるのだから、絶対に言えない。

ツェルニにはいないそうだから、言ってもばれないような気はするが、それでも言わない。グレンダン武芸者の頂点に立つ、最強の守護者たち。その言葉は絶対だ。天剣授受者とはそういった存在なのだ。レイフォンが天剣授受者であることをなかなか実感できないのも仕方がない。

レイフォンは、あまりに身近な存在すぎた。

「まぁ、それはいいでしょう。別にあなたを危険人物だと疑っているわけではないですし」

そう言ったのは後ろで話を聞いていたメガネをした銀髪の青年だ。誰《だれ》よりも落ち着いた雰囲気で、この場を仕切っている様子だった。

「はじめまして。生徒会長のカリアン・ロスです」

「あ……はじめまし…………て？」

挨拶《あいさつ》をしようとして、リーリンは首を傾《かし》げた。

「……もしかして、グレンダンの出身だったりしませんか？」

「いいえ、違《ちが》いますよ」

「そうですか。ええと……どこかで、お会いしませんでした？」

普通に考えればあり得ない話なのだけれど、どこかで見たような気がするのだ。

「さあ、どうでしょう？　このツェルニに来る途中《とちゅう》でグレンダンにも立ち寄りましたし、その時に会っているかもしれません」

カリアンはそんなリーリンの言葉に不快を表すでもなく、むしろ好意的に頷《うなず》いた。

「ところでリーリンさんは、どうしてこの都市に？　旅行目的ですか？」

話が前に進みそうな雰囲気にリーリンはほっとした。

隠《かく》しておきたいことではない。リーリンは素直にツェルニに来た目的を話した。

「ほほう。レイフォンくんに届け物を？　それはご苦労様です」

「あの、レイフォンを知ってるんですか？」

レイフォンの手紙には生徒会長のことは書かれていなかった。生徒会長……学園都市の政治形態のことは理解していないが、本当に生徒のみで都市が運営されているのであれば、この人はツェルニで一番偉《えら》い人ということになる。

どうしてという疑問がすぐに湧《わ》き、そしてその答えもすぐに頭の中から弾《はじ》きだされた。

「ええ、ツェルニのためにとてもよくしてくれていますので」

カリアンの言い方で、自分の答えが正しいのがわかった。思わずため息が零《こぼ》れ出る。

本当に、武芸以外のことが下手すぎる。

グレンダンを追い出されることになったあの事件も、致命的《ちめいてき》なほどの生き方の下手さが原因だというのに、そのことを反省している様子がない気がする。

(もしかして、そのことに気付いてないとか?)

なんだか、ありそうで困る。

ふと我に返ると、そんなリーリンをカリアンが好意的な瞳《め》で見ていた。

「あの……」

「ときにリーリンさん。ここに来られて目的を果たされた後はどうなさいます?」

「え?」

「将来的にはグレンダンに戻《もど》られるつもりでしょう。しかし、そろそろ戦争が本格化してきそうですしね。例年、そうなると放浪バスの運行がかなりまばらになりますから、ここには長期滞在《たいざい》ということになるでしょう」

「あ……」

そのことは考えていなかった。というよりも放浪バスと都市同士の戦争の関係性なんて考えたこともなかった。グレンダンはただでさえ放浪バスがなかなかやってこないのだ。そういうことがあるなんて、知りもしなかった。

途方に暮れるリーリンに、カリアンは笑《え》みを浮《う》かべた。

ああ、この人はけっこう腹黒だな。

そう思いながら、リーリンは彼の提案を聞いた。

そんなことのあった翌日。

「さて、どうしよう?」

怪我《けが》をして入院中のレイフォンの見舞《みま》いを済ませ、リーリンはどうしたものかと考えた。

行くところは決まっている。生徒会棟だ。

路面電車の時刻表を確認《かくにん》し、ベンチに座《すわ》って待ちながら考える。

カリアンの申し出のことだ。

悪くはないと思う。ここでの実績がグレンダンに戻った後にどれだけ意味があるのかはわからないけれど、知識を手に入れるということだけ考えてみてもそう悪いことにはならないのではないか、とは思う。

「でもなぁ……」

だが、カリアンにはそれとは別の思惑《おもわく》があるのではないかとも思ってしまうのだ。

「うーん」

しかし、本当に放浪《ほうろう》バスがなかなか来ないのなら、宿泊施設《しゅくはくしせつ》でじっとしているのは得策ではない。そんなにお金を持っているわけでもないのだし、長期滞在ともなればなにかの仕事をしなくてはならないだろう。

「ま、それもこれも全《すべ》ては今日の結果次第《しだい》だけど……」

路面電車が近づき、リーリンはベンチを立った。乗降口が空気の抜《ぬ》ける音とともに開く。降りる人たちがいたので脇《わき》によけた。

「あっ……」

一人が、そんな声を上げてぽかんと口を開けた。

「え？」

声につられてその人を見る。

背の高い、赤い髪《かみ》の女性だった。肌《はだ》が浅黒く、そのためなのかとてもすらりとした印象を受けた。

「………」

なにも言わないまま、その女性はこちらを見つめている。自然、リーリンも相手の反応を待ってしまい、動けなくなった。

「どったの、ナッキ？」

友人らしい二人のうち、栗色《くりいろ》の髪の子がそう尋《たず》ねてくる。

「あ、ああ……すまない。メイ、ミィ」

降りようとしていた友人たちを電車の中に引きいれ、乗降口から退ける。リーリンはお礼を言って路面電車に乗った。電車が動き出す。空いてる席はたくさんあった。リーリンは席に座ると、乗降口の上にある路線図を眺《なが》める。生徒会棟《とう》までは乗り換《か》えなしでいけそうだ。

「すまない、リーリンさんだよな？」

路線図から目を離《はな》し、車窓を流れる異境の風景に目を向けようとしたところでそう声をかけられた。

さきほどの赤毛の女性だった。

「…………」

†

大変な事実を思い出してしまった。

(うう、どうしよう)

リーリンのいる場所がわからず、仕方ないのでレイフォンの見舞いがてらその情報を収集すべしというミィフィの主張で路面電車に乗ったのだが、まさかそこで話題の人と顔合わせすることになるとは思わなかった。

ナルキが声をかけ、全員の自己紹介《じこしょうかい》が終わった時にはミィフィとナルキはリーリンと気軽に話をしていた。彼女は他人を受け入れやすいタイプの人であるようだ。

「ねぇねぇ、グレンダンにいた頃《ころ》のレイとんってどんな感じなの?」

「そうねぇ……って、ここだとレイとんって呼ばれてるの?」

「ああ、あたしたちだけだけどね。ちなみにこいつが命名した」

ミィフィの言葉にリーリンが目を丸くし、それにナルキがフォローを入れる。

「は〜い。名付け親で〜す。というわけで、リーリンも付けちゃおう」

「え?」

「う〜ん……リッちゃんか、リンちゃん、かなぁ? リーりん♪ってのもいいけど、それは聞き分けが難しいしね」

「えっと……なにが違《ちが》うのかすでにわからないんだけど……?」

「だよね。じゃぁ、メイっち、どれがいいと思う？」

「え？」

まさかの不意打ちにメイシェンは驚《おどろ》いて顔を上げた。

話はもちろん聞いていた。だけど顔を上げていられなかった。

反射で顔を上げてしまったのだ。

リーリンと目が合った。

会話を楽しんでいる様子で、メイシェンにも邪気《じゃき》のない瞳を見せている。

（うう……）

そんな目で見られると、辛《つら》い。

「リ……リンちゃん………かなぁ？」

なんとか苦心して、そう呟《つぶや》く。

「あ〜やっぱりそう？」

「だな、あたしもそれがいい」

納得《なっとく》する二人に、リーリンはやや苦笑《くしょう》気味だ。

そんな彼女とまた目が合った。メイシェンが人見知りする人間だとわかってくれたのか、微笑《ほほえ》んだだけで無理に話しかけてくるようなことはしなかった。

（うう……！）

だからこそ、罪悪感がさらに募《つの》る。

（わたしは、この人の手紙を勝手に読んだんだ）

その事実が重くのしかかる。

わざとではない。できることなら釈明《しゃくめい》したいが、他人の手紙を読むという行為《こうい》それ自体はとても褒《ほ》められたものではないことも事実だ。

なにより、その事実をリーリンが知らないということがまた、口を重くさせる。

レイフォンには謝《あやま》って許してもらえた。だけどそれは、話の流れでナルキが言ってくれたからだ。そうでなかったら永遠にそのことをレイフォンに謝ることはできなかったかもしれない。

メイシェンにとって、リーリンの手紙を盗《ぬす》み読んだということは、初めて自分の心の暗い面を覗《のぞ》きこんだような気分にさせた。そしてそれはおそらく事実であり、その暗い面は確かに自分の中にある。

メイシェンは体の中が氷の如《ごと》く冷たくなったような気がして、一度身を震《ふる》わせた。空調がまだ動いていない車内は、夏季帯が近づいていることと、適度に人で埋《う》まっていることで気温が高い。それなのに寒かった。

路面電車が生徒会棟に到着《とうちゃく》した。

「で、なんの用なの？」

生徒会棟はツェルニの都市旗を掲《かか》げる尖塔《せんとう》を中心に円形の校舎を構えている。尖塔部分には生徒会長の執務《しつむ》室他《しつほか》、生徒会役員会議を行う大会議室、補佐《ほさ》役員たちの仕事場がある。周囲の円形校舎には各学科の学科長を中心とした学科委員会、事務受付、小会議室等《など》がある。

昨日、リーリンがいたのは円形校舎の小会議室だ。

「ええとね……」

受付に向かって並んで歩く。ミィフィの質問にリーリンはどうしたものかという顔で答えようとしていた。

停留所から事務受付のところまでそれほど距離《きょり》はない。

ナルキが先にその人物を見つけ、リーリンの言葉を止めた。

「隊長？」

事務受付の広いガラスドアの前に、ナルキの隊長が立っていた。短い金髪《きんぱつ》、細い顎先《あごさき》、ガラスのような作りだけれど、性格と行動を見れば、そのガラスが強化ガラスであることは間違いない。鋭《するど》く吊《つ》り上がった目尻《めじり》。その視線を手にした書類封筒《ふうとう》に静かに落としている姿は、息を呑《の》んで立ち尽《つ》くしてしまいそうになる。

ナルキの声が届いて、隊長……ニーナは顔を上げた。

「ああ、来たな」

どうやらリーリンを待っていたようだ。メイシェンたちが一緒《いっしょ》にいる姿に疑問を持ったようだけれど、そのことをそれ以上気にする様子はなかった。

「リーリン・マーフェス」

「あ、はい」

「あなたが昨日受けたテストだが、とても優秀《ゆうしゅう》な成績を収められたとのこと。結果は合格。短期留学のため奨学金《しょうがくきん》は適用できないのだが、おそらくは学費が何割か免除《めんじょ》になるだろうとのことだ」

「あ、そうですか？」

リーリンが学費の部分で嬉《うれ》しそうにしたのをメイシェンは見た。ニーナも見逃《みのが》してなかった。

「テストに不安はなかったのか？」

「がんばってますから」

嫌味《いやみ》にも聞こえそうな言葉だが、ニコニコと笑っていてそう取らせない。

「……って、リンちゃんツェルニに入学するの!?」

ミフィの驚いた声に、メイシェンもようやく二人の会話が意味するものに気付いた。

「うん。会長さんが言うには、しばらく放浪《ほうろう》バスは来ないそうだし。だったらせっかく学園都市にいるんだし、勉強しないと損だもの」

「うわっ、まじめ！　わたしなら遊ぶ、遊び倒《たお》す！」

「自慢《じまん》するな、そんなこと」

ミフィの言葉に、ナルキが頭を抱《かか》える。リーリンが微笑んでいる。

「戦争期中はずっと放浪バスの運行がいい加減になるのだったら、最悪、今年度中は迂闊《うかつ》に他所《よそ》の都市には移動できないということになるが、いいのか？」

「いいもなにも、変な都市で足止めされるぐらいなら一か所にいた方がいい気がするし」

「まぁ、そうだな」

「それより、名前を教えてもらえませんか？」

「あ、ああ……」

メイシェンはおやっと思った。ニーナがわずかだが動揺《どうよう》したように見えたのだ。ニーナの話しぶりから、もう顔見知りなのかと思っていた。

「あれ、二人はまだ知り合いじゃなかったの？」

「うん」

「なんだ、もう知り合ってるのかと思った」

ミィフィもそう思ったようだ。

「すまないな。ニーナ・アントークだ。レイフォンの所属する第十七小隊の隊長をしている」

握手《あくしゅ》を求めるニーナに、リーリンが応じる。

やっぱり、ニーナの動きがすこしだけぎこちない。

「それにしても、どうして隊長が報告の任を？」

こういうものはいま目の前にあるドアの向こうにいる事務員たちがやるべきことだ。わざわざ、関係のない武芸科の、しかも小隊の隊長に回される雑務ではない。

「うん」

ニーナが頷《うなず》いた。

「短期留学ともなれば宿泊施設《しゅくはくしせつ》に置いておくことはできないだろう。だから、仮の宿を用意しないといけない。一年生用の第一学生寮《がくせいりょう》はほとんど埋まったままだそうだし。それで、部屋が空いているうちの寮に話が来た。寮長は実験があるとかで夕方まで帰ってこないから、その代わりだ」

リーリンを見る。

「交通の便は悪くて買い物には困るが、それ以外は住み心地《ごこち》がいい。家賃も安いしな。気に入らなければ後で引っ越《こ》せばいい。とりあえずはうちに来てもらうということでいいかな？」

「はい」

リーリンが頷き、それで話が決まった。

荷物を取りに行くために、ニーナを交えて再び路面電車に乗って宿泊施設に向かう。

その中で、ニーナが口を開いた。

「レイフォンから聞いたのだが、あなたは料理が得意だとか」

「ええまぁ、それなりにこなせますよ」

「寮長からあなたの歓迎《かんげい》会の準備をしろと軍資金を預かったのだが、あいにくと残っているわたしともう一人は料理ができない」

「歓迎会なんて別にいいですけど、わたしでよければやりますよ。それと、名前で呼んでくれた方がうれしいです」

「ありがとう、リーリン」

ニーナがほっとした顔を浮《う》かべた。どこまでも完璧《かんぺき》に見えそうなこの人も、料理だけは苦手な部類に入るようで、そこが可愛《かわい》らしくもある。リーリンもそう感じたようでニーナに好意的な笑《え》みを向けていた。

「はーい。料理人ならここにもいますよ」

と、ミィフィがメイシェンの手を取って上げさせた。

「……へ？」

「ああ、できればお願いしたい。資金にも余裕《よゆう》があるし。だが、いいのか？　遠いぞ？」

「いいですよ、遅《おそ》くなっても。こっちにはボディガードがいますから」

「あたしのことか、それは？」

ミィフィが勝手に話を進めていく。それを止めることがメイシェンにはできなかった。あうあうと唸《うな》るぐらいがせいぜいだ。そしてそうしている間に、話は提案から確定へと流れていく。

逃《に》げ場はない。

リーリンの笑顔に、メイシェンは震《ふる》えるばかりであった。

†

ニーナの寮は建設科実習区画にあるので、一度寮に荷物を置いてからでは手間になるそうだ。

だから、ニーナだけが荷物を置きに寮に向かい、その後に合流するという話になり、メイシェンたちはその一つ前の停留所で降りると買い物に向かった。

軍資金はニーナからリーリンの手に渡《わた》っている。

「寮長が料理好きだから道具は一通り揃《そろ》っているはずだ。材料は好きに買ってくれ」

いかにも料理に無関心という態度で、ニーナはその言葉だけを残した。

最低限の希望くらいはあって欲《ほ》しいものだとメイシェンは思う。毎日のメニューを考えるのは、これはこれで骨の折れる作業なのだ。

リーリンはどうするつもりなのだろう？

停留所の前には商店街があった。様々な店が軒《のき》を連ねている。食材だけではなく、生活用品も並んでいる。こうした小規模の商店街は居住区のあちこちに点在している。

商店街を歩くリーリンにメイシェンたちはつき従う形になった。彼女は商店街に入ると店先に並ぶ商品を熱心に眺《なが》め、こちらの話に耳を傾《かたむ》けなくなったからだ。

その内、一つの店で足を止めた。

惣菜屋《そうざいや》だ。様々なおかずが並ぶその店は毎日の家事が面倒《めんどう》な生徒たちに人気がある。もちろん、普段《ふだん》は家事をする生徒にしても学生生活を続けていれば二度や三度では済まない程《ほど》、お世話になる店だろう。

リーリンはそれらの料理を眺め、時々、メイシェンたちに知らない料理のことを尋《たず》ねた。都市の閉鎖性《へいさ》は料理の違《ちが》いにも出てくる。例えば肉であれば基本は牛類、豚類《ぶた》、鳥類と三つに大別することができる。ヴァリエーションがあるところならば、さらに数種類増えるだろう。もちろん、類と付いているようにそれぞれの都市の環境《かんきょう》や好みに合うように改良されてしまうので、同じものでも味の質からして別のものも存在するようだが。

そしてここは学園都市、そういう食や生活の習慣がまるで違う者たちが集まる場所だ。実験的に作られた新種の肉も出回ったりするし、惣菜の中にはメイシェンも説明できないものが混じっている。

ひとしきり惣菜屋でその説明を聞き、納得《なっとく》したリーリンは次に食材を売る店を回った。肉を眺め、さらに野菜を見る。野菜は更《さら》に種類が多岐《たき》にわたる。が、基本的な緑黄色野菜は、葉物根物の区別さえつけばだいたいなんとかなる。

生でも食べられるか、焼いた方が、あるいは煮《に》た方が美味《おい》しいなどとメイシェンはリーリンに説明していった。

そうする内に、ニーナが戻《もど》って来た。

「まだ買ってなかったのか？」

「でも、メニューはだいたい決まったかな」

驚《おどろ》いた顔のニーナに、リーリンは平然とそう言った。

だが、すぐに買い物を開始するわけではなかった。リーリンはその店の商品を一通り眺めると、次の店へと足を向けた。

さらに次の店、さらに次の店。

結局、商店街にある食材を扱《あつか》う店を全《すべ》て見て回った。

「あの……なにを作る気なんだ？」

ニーナがついに尋ねた。真剣《しんけん》な顔で食材を眺めているのに、どれにも手を付けないのだ。

「えーと……」

品物の棚《たな》から目を離《はな》さずにメニューを上げていく。リーリンは先ほどの惣菜屋や他の店で見た出来物の料理の名前を覚えていた。グレンダンにしかなさそうな料理に関しては、料理名ではなく、どういう料理法かという言い方をした。

「……それなら、ここで全部揃うのでは？」

リーリンの上げたものの中には特に高価そうなものはなく、家庭料理の枠《わく》からは決して出ないものばかりだ。そして、それらはいままで見た店で材料が全《すべ》て揃うはず。

「だめよ、それじゃあ」

棚の全てを眺めながらリーリンは呟《つぶや》く。その背に、えもいわれぬ気迫《きはく》を感じた。

「ざっと見た感じ、品質と値段に店で差があるの。保存の違いなのかしら？　どちらにしても、それならこの商店街で一番いいものを揃えないと気が済まないわ。両方の意味で」

それはつまり、値段と品質がもっとも妥当《だとう》に交差している物を吟味《ぎんみ》しているということなのだろう、おそらく。

そして、商店街にある最後の食材屋を見終わると、よしっ、と手を叩《たた》く。

「とりあえず決まり。じゃあこれから買ってくるので、皆《みな》さん適当にしていてください」

そう言われてニーナたちはほっとした顔をしていた。みんな、リーリンの気迫に押《お》されて緊張《きんちょう》していたのだ。

「あ、そうそう」

意気揚々《いきようよう》と出発しようとしたリーリンは、振《ふ》り返るとメイシェンの前にやって来た。

「え？」

「ごめんなさい。最初に言おうと思ったんだけど、品定めに熱中してたら忘れちゃってて」

そう言うと、リーリンはメイシェンにお金を渡した。軍資金の一部だ。

……というよりも、ほとんど？

　半分以上のお金がメイシェンの手に渡された。

「わたしはこれだけで大丈夫《だいじょうぶ》だから、メイシェンさんはデザートをお願いできるかな？　電車の中で聞いたけど、お菓子《かし》作りが得意なんでしょう？」

「は、はい」

「じゃあ、お願いね」

「あ、待て。荷物持ちがいるだろう？」

　足早に向かうリーリンをニーナが追いかけた。

　取り残されたメイシェンたち三人は茫然《ぼうぜん》とリーリンの背を見送ることとなった。

「おお、さっそく料理対決かぁ？」

　ミィフィがにやにやと笑っている。

「さて、本人にその自覚があるかどうか。あの品定めをする目つきはかなり本気のものだったぞ？」

「だからこそ、じゃない？　鈍感免許皆伝《どんかんめんきよかいでん》、絶対鈍感、鈍感王……数多《あまた》ある鈍感の称号《しょうごう》を総なめにするレイとんなら、リンちゃんにメイっちのことを手紙で書いていたとしてもおかしくないよね」

「どこであった、そんな大会？　しかしその可能性はあるな。ふむ、レイとんが気付かなくても、手紙の内容でリーリンがそれに気付くことはあるな」

「え？　ええ……」

そんなことを言われても困る。むしろいまのメイシェンはそれどころではない。どうやって謝《あやま》ろうかと思っているのだ。そんな時にリーリンの方がライバル心を燃やしているなんて考えたくない。

……ライバルになれているのかどうかさえ怪《あや》しいのに。いやいや、謝るタイミングがさらになくなってしまうから。

「まぁでも、ここで引いちゃうわけにはいかないよね」

「え？」

「そうだな。手を抜《ぬ》くなんて論外だ」

「え？　え？」

二人だけで納得していて、メイシェンは二人の考えていることがわからない。

「じゃ、全力でいけるようにちゃちゃっと買い物しよう」

「そうだな、これは負けていられんぞ」

「うんうん。で、メイっちなに買うの？」

「下手なものはできんぞ。だが、時間もあまりない。リーリンはおそらく、自分の調理速度を基準にして材料選びにこれだけ時間をかけたはずだ」

「やっぱりケーキだよね。できれば大作。ケーキ作りの速度なら、メイシェンだってすごいよ」

「しかし、ここでは適正な量というものも大事だと思う。七〜八人できっちり食べきれる量だ」

「三層積みとか、結婚式《けっこんしき》か!? みたいなやつも見たいけどね」

「そこは諦《あきら》めて、飾《かざ》りのフルーツで見栄《みば》えを整えるというのはどうだ？」

「うん、決定。それでいこう」

本人は全く了承《りょうしょう》していない。メイシェンの作っているところだけは見ている二人だ。作る時の焼き加減とかそういう感覚はわからなくても作り方は知っている。いまだ現実に追いつけていないメイシェンを置いて二人の間だけで話が決まり……

「ではいくぞ」

「こっちも食材は手を抜けないね〜」

「え？　え？　え？」

メイシェンは、理解できないままに二人に引っ張られることになった。

†

ニーナたちの住まう、そして今日からリーリンも住むことになる寮《りょう》は驚《おどろ》くほど立派な造りをしていた。建物全体にアンティークな雰囲気《ふんいき》がある。可愛げがあって、しかも落ち着くのだ。建てては壊《こわ》される建築科実習区画の中で生き残れるだけはあると、メイシェンはここに住んでいるニーナたちが羨《うらや》ましくなった。

ただ、ひたすら歩かされたことを差し引けば、だけれど。

その広さに比べれば、部屋数は少ない。それは共同空間をかなり広く取っているためだ。その気にならなくても、エントランス前の広間はパーティが開けそうな広さがあった。

今回は使わない。総勢で七人。広間を使うにはあまりにも寂《さび》しい人数だ。ナルキとミィフィ、それにニーナとレウという名の寮生は会場となる食堂の飾り付けをしている。

調理場には、リーリンとメイシェンだけだ。

だが、気まずいという感覚はない。

圧倒《あっとう》されていた。

パーティが開けるだけの広間があるだけに、調理場も広い。五人ぐらいが一度に料理をできそうだ。

そんな中、中央に置かれたテーブルに食材を置いたリーリンは、エプロンをして、さて、と呟《つぶや》いた。

呟いた後は、無言だ。

キッチンナイフの握《にぎ》り具合を確かめる。刃先《はさき》に指を当てて研《と》ぎ具合を確かめる目は、どこの匠《たくみ》かと言いたくなるぐらいだった。

後は無言。

メイシェンが口を挟《はさ》む余地がないほどに迅速《じんそく》で、迷いがない。

鍋《なべ》に水を張り、湯を沸《わ》かす。その間に食材を切り分け下拵《したごしら》えを一つずつ済ませていく。キッチンナイフが野菜を切る音は、軽快なリズムを刻み、フライパンの上で脂《あぶら》が弾《はじ》ける音はリズムを飾り立てる旋律《せんりつ》だった。

その音の中でリーリンは忙《せわ》しなく動く。しかしそれは、決して慌《あわ》てふためいていたり見苦しかったりはしない。その顔には鼻歌ぐらいは歌えそうな余裕《よゆう》があった。

まるで、踊《おど》っているみたいだ。

メイシェンはそう思った。

思って、はっとした。見惚《みと》れている時間はないのだ。

（急がなきゃ）

ミィフィやナルキが言うような競争意識など芽生える暇《ひま》もない。もう夕方で、リーリンの様子を見る限り、完成にそう時間がかかるようには見えない。

調理場の片隅《かたすみ》でケーキの準備を始める。オーブンを温めつつ、その隣《となり》で必要な準備をする。チョコレートを細かく刻んで湯せんで溶《と》かす。

卵をほかの材料と混ぜ合わせ、さらに溶かしたチョコレートと生クリーム、お酒を混ぜる。

さらにそこから他の材料を混ぜ合わせ、さらに別の容器で卵白を泡立《あわだ》てる。泡立てた物を混ぜ合わせ、形を整えると、温まったオーブンに入れた。

これで、とりあえずは一段落。

「……ひゃっ！」

一息吐《つ》いて、さてリーリンは？　と思っていた。焼けるまで時間があるので手伝えることがないかと思ったのだが、振《ふ》り返るとすぐそこにリーリンがいて興味深そうにメイシェンの手元を眺《なが》めていた。

「あ、ごめんね」

リーリンが謝る。嫌味《いやみ》のない笑《え》みが付いてきた。魅力的《みりょくてき》な笑みだ。彼女の能動的な性格を表しているかのようだった。

「あっという間に作っちゃうからびっくりしちゃって、美味《おい》しそうだし」

そんなリーリンの背後には、もはや炒《いた》めて皿に載《の》せるだけになったものが並んでいる。

「ああ、たくさん作るのには慣れてるから」

レイフォンの話から、リーリンも彼と同じ孤児院《こじいん》育ちであることは知っている。孤児院で台所に立っていたこと。そしてここから先は想像だけれど、安いだけじゃなくて質のいい食材を選ぼうとする姿勢は、院のみんなに毎日美味しいものを食べさせたいからに違《ちが》いない。

安い食材を美味しく食べさせる技術というものもあるけれど、それは時間と手間を必要とする。時間と手間は最小限に、それでいて美味しい料理を大勢の人に、それがリーリンの料理に対する姿勢だとメイシェンは思う。

どうしてこんなことがわかるかと言われれば、メイシェンはずっと考えていたからだ。

以前、レイフォンと一緒《いっしょ》に料理をする機会があった。その時に語ってくれたリーリンのこと。とても楽しそうに語る姿は、その思い出をとても大切にしているようだった。

リーリンは、どんな人なんだろう？　ずっと、そうやって考えていたからだ。考えていた人物像と対比することができるから、わかってしまう。

そして、対比してみてもメイシェンが想像していたものよりも上か下かはよくわからない。想像というのは厄介《やっかい》なもので、放《ほう》っておけばどこまでも高みへと昇《のぼ》るか、奈落《ならく》の底へと下っていく。リーリンに抱《いだ》いていた人物像はどこまでも高みへと昇ろうとしていた。

さすがに、それよりは下だ。だけど、そのことに意味はない。

想像していたより下であったとしても、本物が現実に目の前に立てば比較《ひかく》対象をいつまでも想像物にしてはおけない。

対象となるのはメイシェンだ。

メイシェンより上か下か。結果は勿論《もちろん》、リーリンの方が上だ。

社交的で料理も上手で、しかも頭もいい美人。

言うことがない。言うことがなさすぎて嫌《いや》になる。比べてしまう自分が、だ。

「でも、お菓子《かし》だけは苦手。すごいね、そんなにあっという間に作れるなんて」

リーリンがそんなことを呟き、容器に張り付いているケーキとなる前のものを指ですくい、舐《な》めた。

「うー、美味しい！」

身を震《ふる》わせて、無邪気《むじゃき》に声を洩《も》らす。

「出来上がりが楽しみ〜」

嬉《うれ》しそうにそう洩らすリーリンに、メイシェンはもう耐《た》えられなくなった。彼女と自分を比べてしまう精神に、どうしてそんな風に比べてしまうのかという理由に、そしてリーリンの存在を最初に知ってしまった、自分の愚《おろ》かな行為《こうい》に。

「ごめんなさい」

前置きもなく、メイシェンは頭を下げた。

そうする以外に、なにもできることが思いつかなかったのだ。

†

えー。

謝《あやま》られても困る。リーリンは素直《すなお》にそう思った。

メイシェンが、自分の手紙を盗《ぬす》み読んでしまったことを告白したのだ。

どの手紙!? と思ったし、恥《は》ずかしさで顔が真っ赤になったけれど、そこから先がない。

怒《いか》りへは繋《つな》がらないのだ。

その部分はレイフォンと似ている。

他人のことでならば怒《おこ》れるのだが、自分のこととなると対処に困る。院の中でそういう風に育ったからだ。十歳《さい》の時には台所に立ち、幼い弟妹《きょうだい》たちの面倒《めんどう》を見てきた。自分のことは二の次という感覚をごく自然に培《つちか》ってきたし、そのことが生来の性格と相反していたわけではない。相反していれば歪《ゆが》みも出ようし、いざという時にエゴが発露《はつろ》することもあるだろうが、リーリンはそうなることがなかった。

つまりリーリンは、怒り方を知らなかった。不当な状況《じょうきょう》というもの、そうなって当然であるはずのものが侵《おか》される。自分がそういう境遇《きょうぐう》に置かれた時に怒れない。レイフォンにあてた手紙を他人に読まれたことに恥ずかしさ以上のものを感じないのだ。

もちろん、メイシェンのしたことが常識的によろしくない行動であることはわかっているし、院の子供たちが他人の手紙を盗み見るような真似《まね》をすれば、張り手の一つぐらいは考える前に出ていたはずだ。

そしてメイシェンは、そういう行為を求めている。

なら叩《たた》くべきか？　卑怯者《ひきょうもの》と、最低と罵《ののし》るべきか？

(うーん)

どうもそういうことをしたいとは思わない。

「いいよ」

悩《なや》みに悩んで出た言葉はそれだけだった。怒っているわけではないし、むしろ怒っていると思われていることをなんとか解消しなければいけない。

メイシェンは頭を上げなかった。

「怒れって言われても、困っちゃうの」

ゆっくりと語りかける。メイシェンがうかがうように顔を上げた。瞳《ひとみ》を零《こぼ》してしまいそうなほどに、涙《なみだ》を溜《た》めこんでいた。

「でも……」

「もちろん恥ずかしいんだけど、うーん、なんて言えばいいんだろう？」

リーリンはしばらく悩んだ。メイシェンを納得《なっとく》させる言葉が出てこないのだ。

「たぶん、わたしも同じだから」

そう言うしかない気がした。

メイシェンがどうしてそんなことをしたのか、わかってしまうからだ。

(もし、逆の立場だったら)

ある日、自分の所にメイシェンからレイフォン宛《あ》ての手紙が迷い込んでいたら……そのことを想像する。

読む読まないは別にして、その誘惑《ゆうわく》には駆《か》られる。

レイフォンは気付いていないだろう。自分のことは二の次で、そのくせ他人の心にも無《む》頓着《とんちゃく》という救いようのない鈍感《どんかん》さは、グレンダンにいた時から変わっていないようだし。

その性格もグレンダンを追われた原因の一つだろうに、改めていない。簡単に改められるものでもないのだろうが、それにしてもと、リーリンは内心でため息を零した。

「わたしも、あなたと同じだから。だから文句なんて言えないよ」

メイシェンは驚《おどろ》いた目で見ている。

彼女は自分のことをなんと思っていたのだろう？　リーリンは考えた。レイフォンの恋《こい》人《びと》？　そうであったなら……そうであったならもっと早くにツェルニにやってきていたし、ここに来るまでにあんなに悩みはしなかっただろう。

そして、メイシェンや食堂にいるニーナや、ここにはいないもう一人の女性の名を手紙に見つけた時、なんと思ったかを知りはしないだろう。

「……リーリンさん」

「リンちゃん、なんでしょう？」

「あ……」

ハンカチでメイシェンの涙を拭《ぬぐ》う。

「ケーキ、大丈夫《だいじょうぶ》？」

「あっ！」

慌《あわ》ててオーブンを覗《のぞ》き見るメイシェンにリーリンは笑いかけ、腕《うで》まくりをした。

「さて、こっちも一気に仕上げちゃおう」

なにやってんだろうな～。

そんな気分をひた隠《かく》して、リーリンは鼻歌交じりにフライパンを掴《つか》んだ。

でも、一つだけ決心したことがある。

試験を受けたけれど悩んでいた短期留学は、正式に受けようということ。

†

料理が食堂に整然と並んだ頃《ころ》に寮長《りょうちょう》が帰ってきた。

「ごめんね～、今日の主賓《しゅひん》なのに」

「大丈夫ですよ、料理は慣れてますから」

如才《じょさい》なく答えるリーリンの姿に、メイシェンは見入ってしまう。

「んんん？　どったのメイっち？」

「え？　な、なんでもない」

慌てて顔を伏《ふ》せる。その頬《ほお》が赤くなっていることに気付いて、手を当てた。

すごい人だなぁと、メイシェンは思う。

メイシェンならどうするだろう？　怒るだろうか？　きっと怒らない。いや、怒れないのだ。自分の性格の弱さを十分に承知している。怒れないまま、顔では笑って恨《うら》むかもしれない。自分の中の底の浅い陰湿《いんしつ》さを見つけたようで、げんなりとする。

だけど、リーリンは違《ちが》った。許してくれた。それは言葉だけの意味ではなくて、おそらくは本心のはずだ。

たとえそうでなかったとしても、決して自分を遠ざけるような真似をしなかった。笑って話しかけてくれた。ミィフィが考えた呼び名を使うように言ったことは、友達でいようということのはずなのだ。

自分に、それができるのだろうか？

できない。できる気がしない。

リーリンを迎《むか》える歓迎会《かんげいかい》は楽しい雰囲気《ふんいき》で過ぎていく。みんなが彼女の料理を褒《ほ》めていた。メイシェンも素直《すなお》に美味《おい》しいと思えた。これだけの数をあんな短時間で、しかもこんなに美味しく作れるなんてと思ってしまう。

リーリンもメイシェンの作ったケーキを褒めてくれた。チョコを混ぜたスポンジに甘《あま》さを抑《おさ》えたクリームとたくさんのフルーツで飾《かざ》り立てたケーキだ。

彼女がメイシェンのケーキを美味しそうに食べてくれる姿を見ていると、ほんとに幸せな気分になる。

「レイフォンがいないが、どうせうちの小隊の連中が悪だくみするに決まっている。その時にな」

「はい」

ニーナの言葉にリーリンが頷《うなず》いた。

「ほんと残念。レイフォンも交えていろいろ聞きたかったのにな」

ミィフィが本心からそんなことを言った。

「まぁでも、明日からリンちゃんも同じ一年だもんね。聞くチャンスはこれからでもあるか」

その言葉にリーリンが困った顔をする。メイシェンはミィフィを抑えてくれるようにナルキを見た。

「あっ……」

そこで、ニーナが声を上げた。

「忘れていた。リーリン、お前は三年になる」

「はっ？」

全員がそんな声をあげた。

「テストの結果が良すぎたんだ。会長の判断で、一年で勉強するより三年のクラスでやった方がいいとのことだ。たぶん、わたしと同じクラスになる」

　会長の言葉にそう言った含《ふく》みがあったことをニーナは付け足す。

「ふへぇ、飛び級ってやつ？　初めて見た」

「普通《ふつう》の都市の学校ならそれなりにあることだろうけどな」

だが、様々な都市で発表された新しい知識と技術を吸収することが目的の学園都市では、そう簡単には飛び級は行わない。一年から三年の専門を選ばない学科というのは、その学園都市が集積した知識の中から作り上げられた平均的な常識を習うことが目的だからだ。

だというのに、リーリンは飛び級をする。

　それは、本当にすごいことだ。

「まぁ、短期留学というのも飛び級の要因の一つだろうな。一年で習うことよりも三年で習うことの方が役に立つと思ったんだろう」

「その方がお得かなぁ」

　ニーナの言葉に、リーリンはそう呟《つぶや》いた。

　そしてそれで納得《なっとく》してしまうリーリンはやっぱり凄《すご》いとメイシェンは思ってしまう。

かないっこないかなぁ。

ほんの少しの寂《さび》しさ以外では、意外にすんなりとそう思えてしまったメイシェンだった。
もちろん、帰ってからミィフィにそんな簡単に引き下がるなと怒《おこ》られてしまったのだけれど……

†

……そして今日、ここにいる。
(どうしよう)
レイフォンは寝《ね》ている。他《ほか》に誰《だれ》もいない。
個室。
個室……
(うわぁぁぁぁぁ……)
心の中で絶叫《ぜっきょう》し、メイシェンは高まる緊張《きんちょう》に嫌《いや》な汗《あせ》が噴《ふ》き出すのを感じた。
(いや、待って待ってわたし。違うそうじゃない。今日はなにしに来たの?)
自分を抑える。抑えないといけない。
そう……今日ここに来たのはミィフィが、

「レイフォンとデートの約束をこぎつけてきなさい。できるまで帰ってきたらだめ。時間っていうアドヴァンテージなんて、恋愛事《れんあいごと》では一瞬《いっしゅん》で覆《くつがえ》るんだから、歩みを止めるな！」

そう言ったからだ。寮《りょう》ではリーリンの人柄《ひとがら》に押《お》されっぱなしになっていた。それにミィフィが憤慨《ふんがい》したのだ。応援《おうえん》してくれているのだ。メイシェンだって、別に実らなくてもいいなんて思っているわけじゃない。

実らせたい。

そのためには受け身になっていても仕方ない。

そのための、デートの約束。

レイフォンならきっと受けてくれる。そう思う。予定が埋《う》まっていない限り。ここのところ武芸大会に向けて武芸科全体が忙《いそが》しいから、いつになるかわからないけれど。

だけど、それはたぶん、レイフォンがメイシェンに特別な好意を持っているからではなくて、友達と遊びに行く約束という感じになってしまうに違いない。

そして、それが一番の問題。

（とにかく、今日はだめかも。看護師さんも夕方まで起きないって言ってたし……）

そう、それならミィフィも納得してくれるに違いない。それならお見舞《みま》い品を置いて帰るだけでも許してくれると思う。

だけど……

そこに、レイフォンは、いつもは絶対に見せない、無防備な姿でいる。

教室で寝ていたこともある。

図書館の横の芝生《しばふ》で寝ていたこともあった。

だけど、話しかけたらすぐに起きてしまう。レイフォンが武芸者だからなのか、とても
すごい武芸者だからなのかわからないけれど、決して他人に完全に無防備な姿を見せない。

なのに、今日はそこに無防備な姿でいる。

眠《ねむ》っている……

そう……

だから、なのだと思う。

だから、こんな変な気持ちになっている。

「ん……」

ベッドからの唸《うな》りに、メイシェンは息を呑《の》んだ。だけどそれ以上の反応はなく、レイフ
ォンは眠りつづける。

武芸者といえども、薬の眠りには抗《あらが》えないようだ。

やるなら、本当にいましかない。

こんなチャンスが何度もあるとは思えない。

そう考えれば、いましかチャンスはない。

やるか、やらないか。

気の弱いメイシェンだってそう思ってしまう。状況《じょうきょう》に踊《おど》らされている。そう思わないでもない。個室、二人きり、自分の想《おも》い、リーリン……色んなものの積み上げの結果のような気がしないでもない。

（ちょっと、ちょっと待って）

理性はさっきから叫《さけ》びっぱなし。頭の中がいっぱいになった感じがする。寒くもないのに、むしろ少し暑いくらいなのに肩《かた》や手が震《ふる》えている。

でも、体はそれを求めている。

（うう……）

好きだと告げるには覚悟《かくご》がいる。

眠っている相手になにかするのは卑怯《ひきょう》だとわかっている。

だけど、だけどだけど。

（うう………）

立ち上がる。ベッドに近寄る。レイフォンは寝たまま。目を閉じた顔。静かな寝息。

顔を寄せる。下に流れる髪《かみ》を押《お》さえる。寝息が頬《ほお》を撫《な》でた。

びくりとしてしまう。

(待って……待って待って)

愚《おろ》かさ、気の弱さ、それらを押しのけようとする一つの欲望。状況に背中を押された欲望。羨望《せんぼう》すら感じてしまった眼前の障壁《リーリン》。彼の寝姿が想起させた小さな反抗心《はんこうしん》。

リーリンは、こんな彼を幼い時から見ていた？

凝視《ぎょうし》していた、目を離《はな》せなくなった唇《くちびる》が少し開き、言葉を紡《つむ》ぐ。

「リーリン」

対抗心。

(いいのかな？)

疑問はある。

だけど、もうそれは止まらなくて。

(…………ん)

小さな熱を、瞬間、二人は共有した。

それは強引な共有で、メイシェンはその後に訪《おとず》れた様々な感情に押されて病室を飛び出してしまうのだった。

一人《ひとり》残されたレイフォンは……

「赤い野菜は、もういいから」

そんな平和な寝言を呟《つぶや》く。その言葉は急に寒々しくなった個室で拡散《かくさん》し、消えた。

おれとあいつのランチタイム

おれとレイフォンは昨日と同じようにあの弁当屋に行って昼飯を買った。ダブルデラックス弁当。ストレスと不満がたまりすぎてもう食欲でどうにかするしかない。弁当屋の容器が中身を受け入れられずにふたが浮《う》いている。輪ゴムで無理やりに留めている。

レイフォンも同じダブルデラックス弁当。

だが、レイフォンだけはちょっとだけ違《ちが》う。

それはやっぱりレジを打った、あのレイフォンの幼なじみの子の言葉だ。

「外食ばっかりしない」

そんな、おれには全く縁遠《えんどお》い気遣《きづか》いの言葉がおまけで付いてくる。

弁当屋に勤めているのにその言葉ですか？　なんですか、それは？

レイフォンはそれにごにょごにょと反論したけれど、まったく役に立っていそうになかった。めっという風に睨《にら》むあの子から逃《に》げるように店を出て行った。

畜生《ちくしょう》、ほんとにこいつ死なないかな。

……死んでもおれになにか恩恵《おんけい》があるわけでもないだろうけど。

おれたちは教室に戻《もど》らず、校舎の近くにあるベンチでその弁当を食べた。

「そういえば、今日はトリンデンは作ってくれなかったのか？」

メイシェン・トリンデンのことだ。

うちのクラスではたぶん一番かわいい子だ。ただ、あのいつもおどおどしてるような目や態度はおれの好みではない。だが、クラスの男連中には、『あれがいい』と言う奴《やつ》もいる。人の好みはいろいろあるもんだ。もちろんおれだって男だ。あの子のある一部分に目が引かれたりしないわけではない。制服に押《お》し込《こ》められてなお存在を主張するアレは、男にとっては最強の凶器《きょうき》ではないだろうか。

そして、そんな彼女《かのじょ》の作った弁当をほぼ毎日食べているこいつはやはり、呪《のろ》われても文句の言えない存在だと思う。

「ん〜」

レイフォンは巨大《きょだい》な揚《あ》げ物にフォークを突《つ》き刺《さ》しながら曖昧《あいまい》な言葉を呟《つぶや》いた。

「なんか、調子が悪いからしばらくお休みだって」

「そうか」

レイフォンの顔から事情を察することはできない。いや、もしかしたらこいつ自身もなにもわかっていないのかもしれない。まだこうして話すようになってそんなに経《た》っていないが、こいつはちょっとびっくりするぐらいに人の感情を察するという能力が欠如《けつじょ》しているように思える。

メイシェン・トリンデンがレイフォンに気があるのは明白だろう。

何度か、メイシェンが他のクラスの男子に声をかけられているのを見たことがある。だが、そんな時の彼女は、いつもあの泣きそうな顔をしてすぐに逃げ出すか、あるいは仲のいい二人が壁《かべ》になる。

彼女が唯一《ゆいいつ》、単独で接触《せっしょく》できる異性はレイフォンだけだ。しかも別に同じ故郷の出身というわけでもないらしい。レイフォンはグレンダンとかいう都市出身で、メイシェンたちは放浪《ほうろう》バスのメッカ、ヨルテムの出身だ。グレンダンは知らないが、ヨルテムはおれだって知ってるような有名な都市だ。

そんな彼女が接触できる唯一の男がレイフォンなのだ。初等学校一年生でもわかりそうなものだ。

だけど、もしかしたらこいつはわかっていないかもしれない。

それはもう、本当なら犯罪級の鈍感《どんかん》さだ。刺されたって文句は言えないし、むしろツェルニ中の女性たちがその鈍感さを敵視してもおかしくないんじゃないかと思う。

だけど、どうしてかそんなことにはならない。

「どこか悪いのかな?」

それはおそらく、ただの鈍感ではなくて優《やさ》しい鈍感だからかもしれない。ほとんど仲良くないおれのために、あんなことを言ってくれるような。

ザ・インパクト・オブ・チャイルドフッド02

さて、環境《かんきょう》が変わったな。

これがニーナの感想だった。他にも色々と思うところがあるにはあるが、とりあえずはこの一言でいいだろう。

朝、目覚めの時間だ。いままでは横暴な寮長《りょうちょう》の騒音《そうおん》目覚ましを恐《おそ》れて早起きしていたが、しばらく前からそれが変わっている。

着替《きが》えを済ませたニーナが廊下《ろうか》に出ると、朝食の匂《にお》いがした。パンの焼けるバターの匂い。新しい朝食の担当は夜の内にパン生地《きじ》を作り、朝に焼くのだ。その匂いがほんのわずかに残るニーナの眠気《ねむけ》を食欲に変換《へんかん》させる。

その匂いに惹《ひ》かれるようにして隣《となり》の部屋からレウも顔を出した。一年の時に同じクラスになり、その縁《えん》で同じ寮で暮らすことになった一般《いっぱん》教養科の同級生は、眼鏡《めがね》の位置を直しながらニーナを見た。

「おはよう」

「おはよう」

「ああ、まったく。こんなに落ち着いて朝の目覚めを味わえるなんて、ね」

「まったくだな」

レウの言葉に苦笑《くしょう》気味に応じ、二人は食堂に向かった。

食堂にあるテーブルにはすでに朝食が並び終えられようとしていた。パンと卵料理とスープ。武芸者のニーナとしては朝食とはいえしっかりと食べる。レウが呆《あき》れるほどに食べる。食べた量に比例した運動を毎日こなすのだから太る心配はない。

だから、これでは物足りない。

だけれど、パンはたっぷりとあるし、そのパンに挟《はさ》むためのハムとチーズもたっぷりと用意されていた。食べたければ勝手にサンドイッチにしろということだ。

レイフォンもこういう風に扱《あつか》われていたのかな？　そう思いながらニーナは席に着いた。

そうこうしている内に、このところすっかり起きるのが遅《おそ》くなってきた寮長も席に着き、調理場から最後の一人が顔を出す。

手にしたトレイにはお茶。それぞれの好みに合わせて淹《い》れ分けている。

「おはよう」

新入りの寮生にして、非常に珍《めずら》しい短期留学生は湯気の向こうで、とても朝に似合った笑顔《えがお》を浮《う》かべていた。

リーリン・マーフェス。

レイフォンの幼なじみ。

†

揃《そろ》って寮を出る。寮長であるセリナは昨夜遅くまで研究室にこもっていたとかで昼まで寝ているという。三年生組……というよりは実質、寮長を除く寮生たちのみでの登校となった。

夏季帯の接近は朝から涼気《りょうき》を奪《うば》おうとしていた。しばらく歩いていると服の下で汗《あせ》が流れてくる。

路面電車の停留所までの道すがら、レウがリーリンに尋《たず》ねた。

「どう、もう慣れた？」

「うん、かなり慣れたかな」

リーリンの年齢《ねんれい》はレイフォンと同じ。つまりニーナやレウとは二つは違《ちが》うことになるのだが、学年は同じだ。

年齢差を考えれば敬語を混ぜさせたいところだが、学年は同じ。面倒《めんどう》なので、普通《ふつう》に話そうということになった。

「教科書の内容がいろいろ違うから、まだまだ付いていけてるか微妙《びみょう》だけど。でも、ここの図書館はいろいろ本があって面白《おもしろ》いね」

リーリンの顔はいきいきとしていて、とても楽しそうだ。

停留所に辿《たど》り着いたころにはわきの下や背中に汗をじっとりと感じるようになっていた。エアフィルターに包まれた空は風もなく、雲も少ない。やや色の薄《うす》い青がどこまでも広がっており、空に穴が開いたように太陽が浮かんでいる。

「今日は、暑いな」

喉《のど》の渇《かわ》きを覚えて、ニーナはふと呟《つぶや》いた。

「うーん、まぁちょっと暑いかな」

レウがそう呟き、リーリンも空を見上げた。

停留所のささやかな日除《ひよ》けでは影《かげ》はほとんどできない。

「夏季帯が近づいてるからね。このままだとひと月もかからずに養殖湖《ようしょくこ》の遊泳が解禁されるかな？」

「あ、ここでもあるんだ。そういうの」

「あるよ。あ、ウォーターガンズはやる？」

「いや、あれは、ちょっと……」

それから、二人が水着の話題で盛り上がっている中、たまらなくなったニーナは近くの自販機《じはんき》に向かった。

午前中の普通の授業を終え、ニーナは教室を出た。午後からは武芸科専門の授業だからだ。

この時期の小隊の隊長は、とにかく忙《いそが》しいものであるらしい。

今日も野戦グラウンドでの集団模擬《もぎ》戦が行われる。ニーナは人が混《こ》みだす前にと野戦グラウンド目指して走っていた。

まだ昼休憩《きゅうけい》が始まってすぐだが、ニーナと同じ目的で野戦グラウンドに向かう武芸科生徒たちがそこかしこにいる。

その中に、見知った顔があった。

そういえば、この辺りは一年の校舎が近い。

校舎近くにあるのは、文具関係の店以外では飲食店が多い。むしろ昼間にまともに営業している飲食店が校舎周辺に多くあるのは、人口の集中具合にしても、都市民の全《すべ》てが学生であることからしても当然であるといえる。

走るニーナの視界に、見知った人物が入り込んだ。

速度がわずかに緩《ゆる》くなる。

そこにいたのはリーリンと、レイフォンだ。

二人の後ろには、彼女《かのじょ》がバイトを始めたという弁当屋がある。レイフォンがそこに昼食を買いに来たのか。ナルキの友人が昼食をよく作っているという話だったが、リーリンが来たからそれを止《や》めたのか。ただの偶然《ぐうぜん》か？　それはないだろう。バイトに入る前だったのか？　いや、ニーナよりも早くバイトを理由に授業を抜《ぬ》けたはずだ。

二人は楽しげに会話をしているようだ。

「まぁ、幼なじみだからな」

ニーナはその姿に、それだけの感想を残して速度を上げた。

自分の幼なじみであるハーレイと日常でそれほど会話はしていないという事実を、この瞬間《しゅんかん》は忘れていた。

そう、無意識のうちに忘れていたのだ。

野戦グラウンドで指揮官となったニーナは、とにかく声を張り上げ、とにかく走った。状況把握《じょうきょうはあく》は念威繰者《ねんいそうしゃ》が逐一《ちくいち》もたらしてくれる情報でできる。後方でどっしりと構えている必要はない。ただ、考える余裕《よゆう》だけはないといけない。そうでなければ最前線には長く立てない。

暴れたいと思っている時に十分に暴れられないのは、不満がたまる。

「お疲《つか》れ様です」

二時間駆《か》けずり回り、辛勝《しんしょう》したところで終了《しゅうりょう》となった。野戦グラウンドにいた生徒たちが引き揚《あ》げ、別の生徒たちが別の隊長に率いられて入ってくる。

それを眺《なが》めながら、ニーナはレイフォンの差し出してくれたスポーツドリンクを受け取った。

すでに戦闘衣《せんとうい》から制服に着替《きが》えている。野戦グラウンドの更衣室《こういしつ》の数は圧倒《あっとう》的に足りない。小隊員以外の生徒たちは自分たちの校舎にある更衣室か、教室で着替えることになる。

「お前……なにしてた？」

口の中が乾《かわ》ききって、舌がうまく動いてくれない。叫《さけ》び通しで喉の奥《おく》に痛みさえ感じていた。

「一兵士役でうろちょろとしてましたよ」

確かにニーナの指揮する集団の中にいたはずだが、彼《かれ》の活躍《かつやく》は聞こえてこなかった。意識的に手を抜いているのだろう。

それを怒《おこ》るわけにもいかない。レイフォンが本気を出せば、集団模擬《もぎ》戦の意味がなくなってしまう。

「お前も指揮してみたらどうだ？」

受け取ったスポーツドリンクを一息で飲み干す。

「だめですよ。僕《ぼく》は指揮官の勉強はしてないですから」

実際、武芸科の一年生は体術剄術《けいじゅつ》の基礎《きそ》を徹底《てってい》的にやり、二年生から集団戦の練習を本格的に行う。一年でやるのはせいぜいトリオ戦などの小集団戦くらいだ。

「グレンダンでは習わなかったのか？」

「習う前に天剣《てんけん》になりましたから」

「けっこういい加減だな」

「そうかもしれませんね」

気楽な顔のレイフォンになんとなく腹が立ったが、ニーナはとりあえず一息吐《つ》きたくて近くのベンチに座《すわ》った。

「なんだか、疲れてますね」

「ここのところ忙《いそが》しいからな。今年は休む暇《ひま》があるのかどうか……」

「はあ……」

「呑気《のんき》な顔をしてるが、お前だって忙しいだろう？」

「はぁ、まぁ、そこそこに」

「そこそこって……」

「技《わざ》を教えるわけでもなくて、乱取りするだけですしね。なにも考えなくていいなら楽ですよ。むしろあれでいいのか疑問です」

「そう思うならもう少し考えろ」

言ってみたが、そもそもレイフォンがそれほどやる気があるわけでもないのは最初からわかっていたことでもある。

たしかに、一度覗《のぞ》き見をしたらレイフォンを相手に十数人の武芸科生徒が襲《おそ》いかかっていた。

それでもレイフォンにかすることさえできていなかったような気がする。

しかしレイフォンの投げやり教室には人が集まっているのだ。それは彼の圧倒的な実力を見てしまったからだろう。

それに比べ、ニーナはこんなにも頑張《がんば》って集団戦演習をこなしているというのに、それほど納得《なっとく》のいく手応《てごた》えを感じていない。

（なんだか、空回りしてる気分だ）

頭を抱《かか》えて、ニーナは思った。

「それで強くなれるのか？」

「さあ？」

「さあって……」

ニーナは唖然《あぜん》としたが、レイフォンはまるでかまわない顔をしていた。

「本気で強くなりたい人はほっといてもある程度は強くなりますよ。方法論が必要になるのはそこから先じゃないですか？　基本は大切ですけど、それはここで教えてもらえるんですし」

本気で投げやりだ。

「しかし、それでは物覚えの悪い者はどうする？」

「人よりも歩みが遅《おそ》いなら、遅いだけ努力すればいいじゃないですか。僕が鋼糸《こうし》を習った時なんて、一億年かかっても追いつけないとか言われましたよ？　実際、あの人に追いつけた気はまったくしませんけど」

「む……」

「この世に平等なんてありません。境遇《きょうぐう》でも能力でも。それを差だと感じるなら努力して埋《う》めるしかないんです。楽なんてこの世に存在しませんよ」

「努力して埋まらないものは？」

「さあ？」

ニーナの問いに、レイフォンは本気で首を傾げている。

もちろん、こんな問題、本来は子供の枠《わく》に入る自分たちが出せる答えではないのだろうなとは思う。

人生は長いのだ。なら、答えるにはそれだけの時間が必要になるに決まっている。レイフォンがさっき言ったことだって彼の歩んだいままでの人生での答えだ。

孤児《こじ》という境遇、圧倒的な才能。幸福が次の幸福を約束しないように、不幸が次の不幸を約束するわけではない。幸福と不幸は混ざり合い、しかし平均化するわけではなく比重の違《ちが》いを見せる。そしてそれこそがきっと、個人の人生という名の石を現す一つの評価基準なのだろう。それが石くれとなるか鉱石となるか宝石となるか、それは死ぬまでわからないことだ。

だが、いまはそんなことはどうだっていい。

レイフォンの態度に嫌味《いやみ》はない。自分より劣《おと》る者に対しての軽蔑《けいべつ》や嘲笑《ちようしよう》もない。おそらくはそんなものとレイフォンの性格は無縁《むえん》だ。彼はただ自分の実力の向上だけを考え育ってきたし、自分の目的の邪魔《じやま》となる障害《しようがい》に対しては冷たい態度を取るが、それ以外の者に関しては興味を向けなかったに違いない。

自分が定めた囲いの外に、まったく目を向けることなく生きてきたのだろう。

この歪《いびつ》さは、短い時間を濃密《のうみつ》に生きたことによる代償《だいしょう》なのかもしれない。

そう考えれば強さというものも考えものなのだろう。おそらくは。

「……隊長、なんでそんなに興奮してるんですか？」

「興奮なんてしてない。レイフォン、わたしはただ、お前にもう少し真面目《まじめ》に彼らの練習相手を務めてほしいだけだ」

「それって、どうすれば……いや、それより隊長。やっぱり顔が赤いですけど？」

「そんなことはない」

話をそらそうとするレイフォンにいら立ちを覚える。

そのためか、喉《のど》が渇《かわ》く。ついさっきスポーツドリンクを飲みほしたというのにまるで足りない。手でもてあそんでいた缶《かん》に口をつけ、縁《ふち》を噛《か》む。

ああ……喉が渇く。

「あの、先輩《せんぱい》？」

おや？　レイフォンの顔が歪《ゆが》んでいるぞ？

「どうした？　レイフォン？」

まさか？　ついに人格の歪みが顔にまで現れたか？　まったく、正しく生きていないか

らこんなことに……

「え？　ええ!?」

レイフォンの驚《おどろ》く声を最後に、ニーナはなんだかよくわからなくなった。

†

「風邪《かぜ》だな」

野戦グラウンドの医務室にいた医療《いりよう》科の生徒は宣言した。

「風邪……ですか？」

医務室まで運んだレイフォンは疑わしげに尋《たず》ね返した。

白衣の生徒はそんなレイフォンの態度を無視して言葉を続ける。

「熱もあるし喉が腫《は》れだしているからな、風邪だろう。最近、忙《いそが》しかったしな。ここじゃあ処方箋《しよほうせん》までは出せんが、起きたらこの薬を飲ませておいてくれ。それでだめなら改めて病院に行くように」

「あ、はい」

薬棚《くすりだな》に入っていた常備薬を受け取ると、レイフォンは医務室のベッドで眠《ねむ》るニーナを振《ふ》り返った。

「風邪？」

レイフォンは首を傾《かし》げた。風邪。医者が言うのだからそうなのだろう。疑ってみてもしかたがない。

確かに忙しかった。マイアス戦の勝利後、武芸科生徒たちの士気が下がらないようにと、むしろ勝ちの手応《てごた》えが生々しいうちに集団戦の練度を上げようと過密スケジュールで演習を重ねていた。おかげでレイフォンに個人練習を申し出て来る者が減っていて、とてもありがたかったくらいだ。

そして、過密スケジュールが兵士にではなく指揮官の疲労《ひろう》に繋《つな》がるのもわかる話だ。実際の演習の前から色々と仕込《しこ》まないといけないのは駆《か》けずり回るニーナを見ればわかる。

ニーナは防御《ぼうぎょ》戦が得意な癖《くせ》に前に出たがるとても困った性格だから、疲労が特に溜《た》まりやすいだろう。

風邪……なのだろう、きっと。

「う〜ん」

それでも、レイフォンは首を傾げる。

別に、以前のように剄脈《けいみゃく》の使い過ぎを心配しているわけではない。

「雷迅《らいじん》が一応完成してたし、もしかして……？」

思い当たる節がないではない。レイフォンもよく体験していた。生まれついてからそうであったとしたらとっくに死んでいただろうから、それはおそらく、生物として自然な流れなのだろう。

普通《ふつう》の武芸者は、おそらくほとんどの人が知らない。念威繰者《ねんいそうしゃ》がそうであるように、武芸者もそうだからだ。

いや、もしかしたらフェリだったら同じような体験をしているかもしれない。

だとしたら……？

薬。

「う〜ん」

もう一度唸《うな》り、首を傾げる。

とにかく、寝《ね》ていられては確認《かくにん》もしづらい。

なら……？

「えーと……」

レイフォンは周囲を確認した。医務室には誰《だれ》もいない。こちらは予備の医務室だ。正規の方は、現在演習中の生徒たちのために使われる。さきほどの医療科の先輩もそちらで待機しているはずだ。

「誰もいない、ね」

頬《ほお》を掻《か》いて呟《つぶや》く。なんとなく気恥《きは》ずかしい。しかし、一応は確認しておいた方がいいような気がする。

「起きないでくださいね」

そう言って、レイフォンは眠るニーナに手を伸《の》ばそうとした。

パチッ。

「…………」

「…………」

「……………なにをしている？」

前触《まえぶ》れもなく目を開けたニーナと視線がぶつかった。レイフォンは固まった。

「……いえ、別になにも」

至近で見つめ合いながら、レイフォンは背中からどっと汗《あせ》が溢《あふ》れたのを感じた。形の整った、ニーナの意思そのもののような目。瞬《まばた》きに合わせて揺《ゆ》れるまつ毛の数まで数えられそうだ。

「なら退《ど》け。起きられん」

言葉とともに吐《は》かれた息が顎《あご》を撫《な》でた。レイフォンは退いた。

「なんでわたしは寝ている？」

「風邪だそうですよ？」

「風邪？」

それで、ようやくニーナは自分が熱っぽいことに気付いてくれたようだ。額に手を当て、悔《くや》しそうに顔を歪めた。

「こんな時に」

「体が休めって言ってるんですよ。素直《すなお》に従った方がいいですよ」

慰《なぐさ》めてみたが、それが通用したかどうか疑わしい。

どうしてこんなに焦《あせ》っているのかがよくわからない。マイアス戦の時にはまだいまよりものんびりとしていた。そのマイアス戦にも勝利し、武芸科全体で意気が上がっていて、とてもやりやすい環境《かんきょう》になっていると思うのに、ニーナは妙《みょう》に焦っているように見える。

「風邪なら薬を飲んで一日寝ていれば治るな」

とりあえずは諦《あきら》めがついたらしい。ため息の後でそう言った。

「薬は？」

「あ、もらってます」

答えて、もらっていた薬を思わず手渡《てわた》す。

「……あ」

手渡して、懸念《けねん》していたことを思い出す。

だが、レイフォンの呟きをニーナは聞いていない。ベッドから降りたニーナは医務室内の水道を使って薬を飲んでしまった。

「ん？　どうした？」

硬直《こうちょく》したレイフォンに向かって、ニーナは首を傾げた。

「えっと……とりあえず、剄《けい》は使わないでくださいね」

「なにを言ってる？　活剄《かっけい》を使えば相乗効果で薬の効き目が……」

言ってる間に、ニーナは再び倒《たお》れた。

どうやら活剄を使おうとしたらしい。剄路《けいろ》は神経に沿うように体を巡《めぐ》る。それはすなわち血管にも沿っている。活剄によって血管が拡張《かくちょう》され血流が促進《そくしん》され、一瞬《いっしゅん》にして胃の中で溶解《ようかい》された薬の成分が体の中を回ったのだ。

もちろん、倒れたのは純粋《じゅんすい》に薬のためだけではないだろう。

それはつまり、予感が当たったということでもあるのだろうとレイフォンは思い、思いながら倒れるニーナを途中《とちゅう》で抱《だ》きとめた。

そしてそれは、最悪の展開を想像させた。

「なにしてるの？」

その状況《じょうきょう》に、レウはとりあえず目を丸くした。その後で納得《なっとく》した。むしろ当然というものかと、諦《あきら》めの息を零《こぼ》したぐらいだ。

いままで倒れたことがないのがおかしいぐらいのがんばり屋なのだ。三年目になってようやくガタが来始めたということなのだろうか？　だとしたら運がない。いまがその、がんばりの見せ時だろうに。

†

「えーと……」

レウたちの寮《りょう》の前だ。そこにニーナの後輩《こうはい》がいた。名前はもちろん知っている。レイフォン・アルセイフ。ここに来たこともあるし、何度かニーナと一緒《いっしょ》にいるところを見た。試合も見ている。

ただ、その背にニーナを負っているだけだ。

「女子寮だから、勝手に入るわけにもいかないし、チャイムを鳴らしても誰も出てこないし……」

「あー、この時間、普通なら誰もいないもんね」

そういうレウにしても、午後からの授業が自習になっていなければここにいなかった。普段《ふだん》なら図書館に行くのだが、寮に借りっぱなしの物があることを思い出したのだ。行けば他の物を借りたくなる。

しかし、もしレウが早く帰らなければ、レイフォンはどうしていたんだろう？

「来て」

そんなことを思いながら、レウはレイフォンを寮に入れた。

ニーナはレイフォンの背中で眠《ねむ》っていた。その顔が赤い以外ではおかしなところはどこにもなかった。

レウがニーナの体調について尋《たず》ねると、風邪《かぜ》で倒れたと教えてくれた。

風邪……武芸者が風邪。

なんだか、信じられない気分だ。特にニーナと風邪という組み合わせは縁遠《えんどお》い気がする。それでも倒れてしまったのだから、やはりがんばり屋の限界が近づいているということなのかもしれない。そろそろ肩《かた》の力を抜《ぬ》くことを覚えるべきだ。

「ニーナの部屋まで運んでちょうだい」

「はい」

素直だなと、レウは思った。気取ったところもない。朴訥《ぼくとつ》な感じもする。それは純だということなのだろう。その癖《くせ》、第十七小隊のエース。一年なのに小隊員。しかも話に聞くととても強い。個人的に親しくしている武芸科生徒がそんなことを言っていた。とても興奮した口調だった。ツェルニが暴走をしていたあの時、大量に襲《おそ》いかかって来た汚染獣《おせんじゅう》を相手に千切っては投げの大活躍《だいかつやく》……。

さすがに、話半分で聞き流したが。

しかし、強いのだろうなとは思う。ニーナがレイフォンのことを語る時、そこには羨望《せんぼう》と悔《くや》しさが均等に混じっている。それ以外の因子も混じっているが、おそらく話している当人もそれに気付いていないだろう。セリナにおちょくられて、ようやく自覚の欠片《かけら》のようなものが芽生えているかもしれない程度だ。が、あの人のおちょくりが逆にニーナの思考を硬直化《こうちょくか》させているような気もする。

が、ちょっとしたスパイスが最近やって来た。

さてさて、どうなる？　レウは顔に出さないながらも友人の変化を楽しみにしている。

そんなことを考えている間にニーナの部屋に辿《たど》り着く。

飾《かざ》り気のない部屋をレイフォンは見回したりしなかった。ベッドを見つけるとすぐにそこに移動する。ベッドの側《そば》にある出窓だけが唯一《ゆいいつ》女の子らしい小物やぬいぐるみで飾られているが、そこにも目を向けない。

慎重《しんちょう》に、レイフォンはニーナを下ろそうとした。

が、

「ぐっ……」

レイフォンがうめいた。なぜかはすぐにわかった。首に回されていたニーナの腕《うで》が力を込《こ》めたのだ。

眠っていたと思っていたニーナの目が半開きになっている。

「ニーナ、気付いた？」

「ん〜」

寝《ね》ぼけた声が返って来た。

「隊長、とりあえずベッドで寝ましょうよ」

レイフォンが苦しげに呟《つぶや》く。

が、

「やー」

信じられない言葉を吐《は》いた。

「………は？」

「やーだー、下りない」

……すいません、現実を返してください。

レウは反射的にそう思った。夢だと思ったのだ。いや、夢であればいいなと思った。

「隊長……お願いですから」

「やーだー、ここがいい」

どこか単調に、どこか寝ぼけた幼児のように呟き、腕に力を込める。

ニーナがそんなことをしている。

甘《あま》えるように。

幼子《おさなご》のように。

あるいは……あるいは？

「ぷっ」

もう一つの単語を思い浮《う》かべ、レウは吹《ふ》きだした。

レウの知ってる現実は返ってこない。

だとしたらこれはもう、笑うしかないではないか。

「あははははははははははははははははははははははははははははは‼」

だから笑った。盛大《せいだい》に、これでもかと言わんばかりに笑った。

笑う以外にないから笑った。

ニーナが頬《ほお》を膨《ふく》らませて拗《す》ねている。その姿にも笑った。宥《なだ》めようとするレイフォンの姿にも笑った。もしかしてここに来るまでの間、ずっとこんなことを続けていたのだろうか？　そう考えるともっと笑えた。

腹筋《ふっきん》が切れるか、呼吸不全で死ぬかのどっちかになるだろうと思うぐらいに笑った。

「で……なに、これは……」

気を抜けばまた笑い出しそうで、レウは震《ふる》えながら尋ねた。腹筋がいまだに痙攣《けいれん》している。ニーナはやっとベッドに下りてくれた。ただし寝てはいない。腰《こし》をおろしているだけだ。

拗ねた顔でレイフォンとレウを交互《こうご》に見ている。

顔は赤い。レウが震えながら額に手をやると、ニーナは嫌《いや》そうに顔をそむけた。だけど、その額が本当に熱いことだけは確認《かくにん》できた。

「えーと、説明が難しいんですけど」

レイフォンはぐったりした様子だった。本当にここに来るまでの間にもこんなニーナにぐずられていたのだろう。誰《だれ》かに見られただろうか？　見た者がいて、それがニーナをよく知っている者なら、きっと悪い夢を見たとまっすぐ自分の部屋に戻《もど》ってベッドに潜《もぐ》り込《こ》むことだろう。

そしてレウのように夢ではないことを理解したら爆笑《ばくしょう》するに決まっている。

「風邪薬が原因だと思うんですけど」

「は？　風邪薬？　抗生物質《こうせいぶっしつ》ってアルコール入ってたっけ？」

ニーナの今の状態はどう見たって間違《まちが》えてお酒を飲みましたということで片づけるのが常識的だと思う。酔《よ》ってる以外には考えられない。

風邪薬で精神がおかしな場所に逝《い》きました？　冗談《じょうだん》じゃない。

いや、アルコールだって似たようなものか？

「いや、そういうことじゃあ。……そういうことなのかな？」

「どういうことよ？」

レイフォンの説明は要領を得ない。医者はなんと言ったのだろう？　しょせんは同じ学生か？　レウはツェルニに来てそこまで大きな病気になっていない。一年に一度程度、風邪になって薬をもらうぐらいのものだ。だから、ツェルニの医療《いりょう》関係の実力をそんなに知らない。

「えーと、たぶんなんですけど、隊長の剄路《けいろ》が……」

レイフォンが説明しようとしたその時……

「熱い」

ぽつりと、ニーナが呟いた。ベッドの上に座《すわ》り込《こ》み、不満げな顔をしている。その顔は熱のために赤くなり、首筋には小さな汗《あせ》の粒《つぶ》がたくさん浮かんで、光を反射していた。

その手が、制服を脱《ぬ》ごうと動く。

「あ、こら」

熱のためかもたついているのが救いだった。それでも上体をくねらせるようにして上着を脱ぎ、シャツのボタンを外していく。

その下にある可愛《かわい》いレースの付いた……

レウが止めようとするが、病気になっていても武芸者だ。レウ一人では止めることができない。

「君、さっさと出ろ」

「あ、ああっ！　はい！」

茫然《ぼうぜん》としていたレイフォンが慌《あわ》てて部屋を出ようとする。

彼が振《ふ》り返ったところで、ドアが開いた。なぜか。

「なにしてるんですか？」

帰って来たばかりのその人物は物音に不審《ふしん》を感じてやってきたようだ。

そして部屋の住人たちに目を留める。その惨状《さんじょう》を見ることになる。

「……へ？」

理解できていない顔をしている。

ただ、その子は理解不能をそのままにしておけない。ただ混乱するわけではなく、少しでも理解のとっかかりを得ようとする。そういう目をしていた。

レウを見、レウの体に半分隠《かく》れていたニーナを見、そしてすぐ近くにいたレイフォンを見た。

「…………」

そして、無言のまま行動に出る。

部屋に一歩踏《ふ》み込《こ》むと、レイフォンに手を伸《の》ばし、耳を摑《つか》む。

「さ、出るわよ」

その声は、ひどく乾燥《かんそう》していた。

「痛っ、痛い、痛いって！」

耳を引っ張られ、レイフォンは、話を信じるならツェルニで一番強い武芸者は、ただの女の子にいい様に扱《あつか》われて部屋を出ていった。

「さて……」

レウは呟《つぶや》いた。呟いて、それきりになってしまった。

ニーナは着替《きが》えを済ませるととりあえず大人しくなった。

そのまま寝《ね》ていてくれたら、きっと事態はもう少し平穏《へいおん》に終わっていたのだとは思う。

寝てくれない。

いま、レウたちは応接室にいた。暇《ひま》な時はここに集まってよくお茶とお喋《しゃべ》りをしている。

ここには大型のモニターもあるし、借りてきたエンタテイメントデータを高画質高音質で再生できるのだ。

ただ、そのモニターも今は沈黙《ちんもく》している。

テーブルにはリーリンの淹《い》れてくれたお茶がある。すっかり仲良くなったというメイシエンの差し入れてくれたクッキーが皿に載《の》せられている。この間もらったものの残り物だ。

数は少ない。

「…………」

そのリーリンは無言。

レウも無言。

「…………えーと」

レイフォンは居心地悪《いごこち》そうに。

「むー」

ニーナは部屋の空気を敏感《びんかん》に察知して不満げにしている。

不満げに、レイフォンの腕にしがみついている。

セリナがいないことは、たぶん幸運なのだろう。あの人がいたら、事態は更《さら》に混沌《こんとん》の度合いを深めていたに違いない。面白《おもしろ》がって、波打つ池に大石を次から次に投げ込んだに違いない。

「で、これはなに?」

湯気立つお茶を飲み、リーリンが引き継《つ》いでくれた。責める目で、底冷えのする目でレイフォンを見ている。

レイフォンは顔をしかめている。

「あれだよ。僕もあったじゃない。風邪《かぜ》だと思って薬飲んだら、実は風邪じゃなかったって……」

「ああ……」

それで、リーリンは納得《なっとく》した。とりあえず。そう、とりあえずという風で理解は示した。

だけど不機嫌《ふきげん》を直すには至らない。

「どういうこと？」

理解できてないレウは尋《たず》ねた。

「ええと、普通《ふつう》の武芸者だとそうは起こらないんですけど、たまにあるみたいなんですよね」

「なにが？」

「剄路《けいろ》の拡張《かくちょう》っていうのかな？　剄脈《けいみゃく》の能力増大だったかな？」

レイフォンは不確かな記憶《きおく》を探《さぐ》って言葉をひねり出した。

もちろん、武芸者の身体機能に詳《くわ》しくないレウに理解できるはずもない。

武芸者には、一般人《いっぱんじん》には存在しない臓器が一つある。剄脈という。人が生きて活動するだけで発生する余剰《よじょう》で微弱《びじゃく》なエネルギー。それが剄と呼ばれるものだ。武芸者はそれを独自に、強力に大量に発生させる器官を持つ。それが剄脈。そしてその剄を全身に巡《めぐ》らせて肉体能力を増進させたり、外部への破壊《はかい》エネルギーとするものを剄路という。

「ほとんどの人は、剄の総量はあまり変化しないんだけど、時々いるんですよ。大きく変化する人が」

「つまり、ニーナがいまその状態だっていうの？」

「たぶん」

「弱気だなぁ」

「いや、僕も他の人がこうなったのを見たのは初めてだし」

「ということは君も？」

「レイフォンは大変だったんです」

当時を思い出したのか、リーリンが重いため息を吐《つ》いた。

「こんなものじゃなかった。六歳《さい》から一年ぐらい、ひっきりなしに高熱出して倒《たお》れてたもの」

「そんなひどかったの？　じゃあ……」

友人を見る。赤い顔をしてレイフォンにしがみついているニーナは暇をもてあましだしたのか、レイフォンの髪《かみ》の毛を引っ張り出した。彼が小さく悲鳴を上げる。リーリンがそれを鋭《するど》く睨《にら》み、しかしすぐに手元のお茶に視線を落とした。

（おもしろすぎる）

思ったことを口にせず、レウは頬《ほお》のひきつりを感じながら友人を見続けた。

熱はある。体温計を嫌《いや》がるのでどれくらいなのかはわからないが、触《さわ》った感じではそこまでひどくもない印象だった。

「ニーナはそんなでもない？　ていうか、その話とこの状態は繋《つな》がってるの？」

「初めて倒れた時に、やっぱりレイフォンも医者に風邪だって言われて薬を出されて、それを飲んだら……」

「変なことになった？」

「こうではなかったですけどね、ずっとなんか、変なこと喋ってましたよ。気持ち悪いったら」

「ひどい」

軽く傷ついた様子で、レイフォンがひきつった顔をしていた。たぶん、髪を引っ張られているせいでもある。

「まぁまぁ、それで、これはどうすれば治るわけ？」

なんとなく、レウの頭の中でこういうことなのだろうなという考えはあった。体の変化と薬が奇妙《きみよう》な相乗効果を見せた上での幼児返りなのだろう。どういう相乗効果なのかまではまるでわからないけれど。医者に見せれば良い研究対象にされそうだ。さすがに友人が研究対象になるのは気分のいいものではないから黙《だま》っているけれど。

「薬が抜《ぬ》けるまではこんな調子だと思いますよ」

「となると、遅《おそ》くとも今日中には治るってことよね？」

「そうですね」

リーリンが頷《うなず》く。ニーナが遊べ～とレイフォンの肩《かた》を揺《ゆ》すっている。なんだか、段々と笑えない気がしてきたので、なるべく見ないようにしようと思った。

「それにしても、なんでそんなに君に懐《なつ》いてんの？」

「な、なんででしょうね」

レイフォンの声はひきつっている。ニーナの遊べ攻撃《こうげき》に必死の作り笑いを浮《う》かべるのがせいいっぱいの様子だった。

（やれやれ……）

レウは内心でため息を吐いた。鈍感《どんかん》と鈍感の相乗効果だ。

みんながみんな、この状況《じょうきょう》を理性的に受け入れられなくて、それでも理性を保とうとしてひきつった顔をしている。

レウはぬるくなったお茶を一息に飲んで、気分を仕切りなおした。

「さて、現状把握《はあく》はこれで終了《しゅうりょう》として……」

ニーナを見る。いつもの引き締《し》まった表情がどこか緩《ゆる》んでいるような気がする。たぶん、目だろう。いつもより丸く感じる。幼児返りが目に現れていた。

最初はあの硬《かた》いニーナが、という衝撃《しょうげき》で目をそらしていたが、これはこれでありなんじゃないかなと思うようになって来た。ベビーフェイスの女の子がわざと幼く自分を演じているよりは違和感《いわかん》がない。それはそうだ。精神がそれだけ幼児化しているのだから。

ただ、惜《お》しむらくはその外見が精神に合っていない。

となれば？

「……とりあえず、それらしい格好にしてみたくなるわね」

「ああ、それは……」

リーリンが同意を見せた。

「ウィッグがあれば、髪を長くして、リボンとか……」

「セリナさんの秘密部屋になら、きっとあるね」

「秘密部屋？」

「あーあの人はまぁ、色々あるから」

リーリンの疑問に簡潔に答えると、レイフォンにニーナを任せ、レウは彼女を伴《ともな》い応接室を出た。

セリナは自分が寝起《ねお》きしている部屋の他《ほか》にその左右にある部屋も借りている。その片方の部屋にレウは無断で入った。

そこには、大量の衣類他、小物や化粧《けしよう》道具がずらりと保管されていた。

「な、なぜこんなに？」

「知らない方がいいことが色々とあるのよ。主《おも》にニーナにばれると面倒《めんどう》ね」

「ええ⁉」

その話は置いておくとして、レウは先導して部屋の中に入る。

ハンガーに吊《つ》るされた服には、各学科の制服から気取ったパーティ用のドレス、さらには――いまレウたちがもっとも必要としている可愛《かわい》らしい服が並んでいたりもする。その全《すべ》てがセリナのサイズなのだが、身長以外ではそれほど問題はないだろう。

反対にある棚《たな》にはウィッグも各種取り揃《そろ》えられている。

「じゃ、とりあえず色々持っていこうか」

最初は戸惑《とまど》っていたリーリンだが、並んでいる品を見ている内にだんだんと盛り上がってきたようだ。

そして、一時間ほど経過。

「会心の出来だわ」

成果に感動さえ覚えながら、レウは額の汗《あせ》をぬぐった。

汗のせいか、頬がひりひりする。

「そうですね」

リーリンも清々《すがすが》しい顔をしている。ただ、片手を押《お》さえている。

「ええと、終わったってことでいいんですよね？」

ぐったりとしたレイフォンが確認《かくにん》をしてきた。

その顔にはありありと疲労《ひろう》が浮かんでいる。

頬《ほお》と額には真っ赤なひっかき傷があった。それだけでなくて殴《なぐ》られてもいる。ニーナが嫌《いや》がって思いっきり暴れたからだ。

押さえていたレイフォンが、一番被害《ひがい》が多い。

着替《きが》える時はおとなしくしていてくれたニーナだが、ウィッグや化粧を始めると退屈《たいくつ》になって暴れだしたのだ。

おかげで、レウやリーリンもひっかかれてしまった。

いま、ニーナはピンクのワンピースを着ていた。落ち着かせるために急きょ部屋から持ってきたぬいぐるみのミーテッシャを抱《だ》き、不満そうにこちらを睨《にら》んでいる。

ウィッグで髪《かみ》を長くしてリボンで飾《かざ》り、さらに顔にも柔《やわ》らかさを強調する化粧を施《ほどこ》してみた。レウ自身はそれほど化粧をして出歩かないが、美容院でバイトをしているクラスメートからそれなりの手解《てほど》きを受けている。

「黒の方がまだ似合ったかも」

「いやいや、あえてよ、あえて。普段《ふだん》のニーナがピンクなんて着てくれるわけないでし

よ？」

「う、うーん、確かに」

まだまだ日の浅いリーリンでもニーナにピンクの印象はないのだ。

「……これ、ニーナさんが元《もと》に戻ったら怒《おこ》りません？」

「怒るかもね、でも、だからいまやるしかないのよ。ニーナちゃん、次これどう？」

レウは喜々として次の服を差し出した。

「……やだ」

ニーナが唇《くちびる》を尖《とが》らせる。

「まぁまぁ、そんなこと言わずに」

「やーだ！」

今度は強く、歯をむき出していわゆるイーッまでして拒否《きよひ》を示す。

その後でレイフォンの背中に隠《かく》れた。

「もうやっ！　遊ぶのー」

「でも、外はもう暗いよ？」

「やー、遊ぶっ！　遊ぶ遊ぶ遊ぶ——————っ!!」

レイフォンの背中から服をつかんでガクンガクン。

「や、ちょっと……」

「遊ぶ遊ぶ遊ぶったら遊ぶっ！」

ガクンガクン。

「あの、お願いが……」

ガクンガクンガクンガクン。

「あの…………」

ガクンガクンガクンガクンガクンガクンガクンガクン……

「これ、やめて…………」

ガクガクガクガクガクガクガクガクガクガクガクガクガクガクガクガク。

揺《ゆ》する揺する。

ガガガガガガガガガガガガガガガガガガガガガガガガガガガガガガガガガガガッ!!

「うぷっ」

超《ちょう》高速のだだっこ揺すりにさすがの武芸者も撃沈《げきちん》した。

「……大丈夫《だいじょうぶ》」

床《ゆか》に倒《たお》れて悶絶《もんぜつ》するレイフォンに、ニーナは無邪気《むじゃき》な顔で首を傾《かたむ》けてくる。レイフォンは青い顔で作り笑いを浮《う》かべていた。

「あの、できたらまた今度でもいいかな?」

「今度?」

「うん、今度」

「約束?」

「うん、約束するよ」

「ならいいよ!」

輝《かがや》くような笑《え》みでうなずくとレイフォンはおろか、渋《しぶ》い顔をして見つめていたリーリンさえも何も言えない顔になった。

その隙《すき》を突《つ》かれた。

もちろん、ニーナに悪気があるわけではない。子供の思いつきと行動への直結は即断《そくだん》であり、それは大人の意表を簡単に突く。

「レイフォン、好きー」

舌の回りきらない言葉でそう言うや。

ちゅっ。

それは一瞬《いっしゅん》のこと。

「!?」

「っっっ!?」

「うわー…………」

「えへへへへ」

レイフォンは唇を押さえて真っ赤になり、リーリンも声を殺すために口を押さえている。ニーナは照れ隠しのように笑う。子供特有のとろけるような笑みを浮かべているつもりなのだろうけれど、やっぱり外見は大人の領域にあるわけで、なんていうか、微妙《びみょう》に、エロいかもしれない。

「えへへへ」

「うわー…………」

「っっっ!?」

(なんていうか、そろそろ収拾できない混沌《こんとん》具合になってきたかな?)

そんなことをレウは思った。

レイフォンはなにかを呟《つぶや》いている。外見はこうでも中身は子供とか、そんなところだろう。子供子供子供……うん、そんなことを呟いている君はかなり怪《あや》しいよ?

リーリンの方は衝撃《しょうげき》から少しずつ立ち直り、いや、別の方向に転化させることで受けた衝撃をなかったことにしようとしているのか、肩《かた》を震《ふる》わせ、レイフォンを睨《にら》んでいる。

もちろん、混沌となった状況《じょうきょう》がこれで終息するわけがない。子供の元気は体力が尽《つ》きるその瞬間まで燃焼し続けるのだ。

そしてニーナは、たとえ精神年齢《ねんれい》が低くなっていようと十八歳《さい》の武芸者なのだ。その体力は幼児の比ではない。

もしかしたらそれは、幼児なりの照れなのかもしれない。照れて、その場から逃《に》げようとしているのかもしれない。

すっくと立ち上がるや。

「じゃあ、お風呂《ふろ》っ！」

叫《さけ》ぶや、ニーナはとんでもないことをした。

ボタンの多いワンピースを力任せに開いた。ボタンが飛ぶ。

それはつまり……

「わっ」

「レイフォン、目っ！」

リーリンの鋭《するど》い声にレイフォンが目を閉じた。

弾《はじ》けたボタンが床を跳《は》ねる音、無数の糸が切れる音、布地の裂《さ》ける音、ミーテッシャが床に転がる音。露《あらわ》になる飾り気のない下着。そこから溢《あふ》れているレウよりも豊かな胸元《むなもと》。滑《なめ》らかで引き締《し》まった肌《はだ》とおへそとその下にあるやはり色気のない下着。

……子供だから、羞恥心《しゅうちしん》が足りない。

「さっさと出て行きなさい！」

目を閉じて立ちつくすレイフォンを、リーリンがドアへ向かって蹴《け》った。

天井《てんじょう》に溜《た》まった湯気が滴《しずく》となって湯船に落ちる。

二人分のため息がよく響《ひび》く浴室の中で一瞬重なり、そしてそれを甲高《かんだか》い声が覆《おお》い尽《つ》くしてかき消した。

風呂だ。

「レイフォンも一緒《いっしょ》！」

と、ニーナは最後まで主張していたが、まさかそれを許すわけにもいかない。風呂に入らないのにのぼせそうな顔になったレイフォンのためにも、元に戻った時のニーナのためにも。二人の間で踊《おど》らされているリーリンのためにも。

つまりは全員の幸せのために。

宥《なだ》めすかしてなんとかレウとリーリンが一緒に入るということで納得《なっとく》させたのだった。

いまは、リーリンが髪《かみ》を洗ってやっている。

「手慣れてるねぇ」

必死に目を閉じているニーナの髪を泡《あわ》まみれにさせるリーリンに、レウは感心した。

「慣れてますから」

リーリンもさらりと口にする。彼女の境遇《きょうぐう》についてはレウもすでに知っているから、それ以上のことは口にしなかった。知った時も、まぁいろいろ事情はあるよねとしか思わなかった。レウとて、それほど恵《めぐ》まれた環境《かんきょう》で育ったわけではない。ニーナのように強い意志で都市から旅立つ者、それしか選択肢《せんたくし》がないからそうする者、希望を見たい者、衝動で飛び出す者、逃げ出したい者、逃げ出した者、追い出された者。ここに来ている人間の事情なんて本当に色々だ。

生まれ育った都市の外に出るということは、しかも、望んでそれをする者には、割り切れない様々なものがあって当然な気がする。

たとえそれが、一時的な旅であっても。

レウはリーリンを見た。自分が他人にどう見られているかについてはそれなりに確信がある。優等生、勉強ができるという、ただそれだけの優等生だ。

優等生にだっていろいろある。例えばニーナはその生真面目《きまじめ》な性格と武芸科での成績……広義でのスポーツにおける優等生だろう。

セリナは破天荒《はてんこう》だけれど、その成績で色々と目をつぶられている優等生。

そしてリーリンは成績とその面倒見《めんどうみ》の良さで委員長とかをやらされてしまう優等生。

よくもまぁ、こんな辺鄙《へんぴ》な場所にある寮《りょう》に優等生が揃《そろ》いも揃ったり、だ。

（で、この子はいつまで優等生の顔してるつもりなんだろうね？）

さっさと体を洗い終え、レウは浴槽《よくそう》にいる。リーリンはいまだニーナに付き合って彼女が体を洗うのを手伝っていた。

リーリンの事情を考えれば、彼女がどういう気持ちでこの都市にいまいるのかなんてわかりきっている。行動によって自分の意思を公然化させているのだ。

それは、たとえその関係のことに無頓着《むとんちゃく》であろうとしているニーナであっても無視できるはずがない。

無視をしようとはしていた。

それはたぶん、目的意識が強すぎるからだろう。ツェルニに来ることには目的があったからだ。そしてそれは、来てしまったことで別の目的も加わって、さらにニーナの思考を強化してしまった。

だけれど、それは硬化《こうか》してしまったともいえる。

柔軟性《じゅうなんせい》がないのだ、ニーナの心には。

余裕《よゆう》がないと言い換《か》えることもできる。自分が目的とするもの以外に目を向けたり関心を寄せたりできないのだ。

あるいは向かおうとしても強固な目的意識が強引にそちらの方向に軌道《きどう》修正してしまう

のだろう。

奇《く》しくもそれは、ニーナがレイフォンに抱《いだ》いた感想に似ていた。そのことをレウは知らない。ただ、親友といっても差し支《つか》えのない女の子の不器用さに呆《あき》れてしまうだけだ。

(でも……隠《かく》してってもどうにもなんないよね)

例えば、今日のように。かなりイレギュラーな出来事のようだけれど、ニーナを硬化させてしまっている目的意識が剝《は》ぎ取られた時、それは容赦《ようしゃ》なく表に現れてしまう。

ずっと離《はな》れようとしなかったあの姿。

(ああ、笑える)

頰《ほお》の肉が緩《ゆる》む。知らずの内ににやにやと笑っていた。

「……なに?」

リーリンが怪訝《けげん》な顔をしている。ニーナにシャワーをかけて泡を落としていた。

「なんにも〜」

熱いお湯に少し疲《つか》れて、レウは上半身を湯船から出した。

泡を流し終えたニーナが勢いよく湯船に飛び込んできた。寮の浴槽にはそれを受け入れるだけの広さがある。おかげで水道代がばかにならないので、この湯船にはめったに湯を張らないくらいだ。

盛大《せいだい》にお湯を跳《は》ね散らしたことで、リーリンの怒《いか》りの声が響《ひび》き渡《わた》る。ニーナはそれを無視してお湯の中で遊んでいる。

（本当は腸《はらわた》煮えくり返ってんじゃないのかな？　それとも、不安でしかたがない？）

リーリンだ。

いまのニーナの態度をまさか読み取れていないわけはないだろう。悲しいかな、いつまでも成長しきらない男と違《ちが》って、女というものは成長してしまうものなのだ。だからわかってしまう。リーリンもそのはずだ。

そこにはレイフォンへの好意がある。なるほど、ニーナは普段《ふだん》こんなことをしたいと潜《せん》在《ざい》意識で思っているのかと、レウはにやつくだけで終わるのだが、彼女はそうはいかないだろう。

ツェルニへ来たということが、そのままレイフォンへの好意の表れなのだから。

（どうなるのかな？）

ニーナにとっては思ってもみなかった波乱の始まりなのかもしれないが、レウにとっては面白《おもしろ》い見せものだ。もちろん、できるなら後に引かない終わり方をしてほしいものだとは思う。登場人物の二人ともと知り合ってしまったからにはそうでないと後味が悪くて仕方がない。

やっとゆっくりと湯につかれたリーリンが息を吐《つ》く。それはこっそりと吐いたため息のようにも見えた。いい子でいることに疲れた顔。そこまで考えるのは勘《かん》ぐりすぎかな？

女三人、ゆっくりと語り合うことができればいいのだが、ニーナがこれではそれもままならない。

実際、風呂《ふろ》に入りたいと叫《さけ》んだニーナが、一番に音を上げた。熱い湯の中で落ち着きなくいるのだからすぐにのぼせてしまうに決まっている。

「もう出る」

いきなり言い切ると、こちらの返事も待たずに脱衣場《だついば》へとかけていった。

レウもリーリンも、あまりの行動の速さに追いかけるということができなかった。

ただ、疑問だけはすぐに頭に浮《う》かんだ。

「ねぇ、ニーナっていま、自分で体が拭《ふ》けると思う？」

「…………っ！」

リーリンが血相を変えて湯船から出たのは、脱衣場のドアが開く音を聞いたからでもあった。

その脱衣場を出て、大広間の先、応接室にはニーナに「帰っちゃダメ」と念を押《お》されたレイフォンが、きっとまじめに待っていることだろう。

「ちょっと、ニーナっ！」

やや遅《おく》れて、リーリンが声を上げている。開きっぱなしになったドアの向こうからレイフォンの慌《あわ》てふためく声が聞こえてきた。

リーリンはきっと、羞恥心《しゅうちしん》が先に出てタオルくらいは巻いていることだろう。

「やれやれ、こんな面白いのは今日限りなのかな？」

呟《つぶや》き、レウはゆっくりと湯船から出て体を拭き、髪《かみ》まで乾《かわ》かす余裕《よゆう》を見せてから応接室を覗《のぞ》いた。

そこには、気絶したニーナを抱《かか》えて慌《あわ》てふためいている二人がいた。

「………あ」

思い出した。

ニーナは熱を出していたのだった。

熱を出した人間が風呂に入り、さらに風呂で暴れて、しかも体も拭かず服も着ずに飛び出したのだ。夏季帯に入りはじめて暖かくなってきたとはいえ、まぁ適切な処置ではない。

倒れるのも無理からぬ話だった。

翌日、正気に戻《もど》ったニーナに記憶《きおく》が残っていなかったのは、誰《だれ》にとっての救いで誰にとっての不幸なのか……

考える気もなく、レウは朝の食堂で首を傾《かし》げるニーナと、妙《みょう》に不機嫌《ふきげん》なリーリンを見比べるのだった。

おれとあいつのディナータイム

おれたちは授業が終わると同時にそこに向かった。

別に申し合わせたわけではない。ただ、放課後の最初の行動が同じだったというだけだ。おれはバイトに行く前の腹ごしらえ。レイフォンは練武館に行く前の腹ごしらえ。目的が同じだったので、おれはその店に誘《さそ》ってみた。

そこは一年校舎に一番近い路面電車停留所の近くにありながら、ちょっとわかりづらい場所にあった。そのおかげで売り切れるということはないのだが、時々、つぶれるのではないかと心配になる。

ドーナツショップだ。

おれはそこで一番うまいと思っているロックドーナツを注文した。輪状ではなくて、名前通りに子供の握《にぎ》りこぶしぐらいの大きさに丸められたドーナツだ。味は砂糖をまぶしただけのものからチョコレートやドライフルーツを混ぜたものなどいろいろだ。

おれはそれを全種類取りつつ十個ほど買った。レイフォンも同じようにしてそれぐらい買った。

店内には飲食のスペースはない。おれたちは飲み物も買い、店外にあるベンチでそれを食べた。

「そういえば、隊長ってどんな人なんだ?」

お互《たが》いにバイトの話という他愛もないことを喋《しゃべ》っていた。

その中でレイフォンと同じ機関掃除《そうじ》のバイトに隊長のニーナ・アントークもいるということを知ったのだ。

「おかしいだろう。武芸者ってのは金持ちっていうのが定番だ。それなのに、おまえも隊長もそんなしんどいバイトまでして金稼《かせ》がないといけないなんて」

「僕《ぼく》はほら、孤児《こじ》だから」

その話は聞いたことがある。だけど、それで納得《なっとく》できるものでもない。たしかにそれなら純粋《じゅんすい》な武芸者一家よりは金持ちではないだろうが、それにしても機関掃除なんてしなくてもいいぐらいには豊かだろうとは思うのだが。

「隊長は親の反対を押《お》し切って来てるから、援助《えんじょ》がないって」

「そりゃまた、すごいな」

おれは感心した。学園都市への進学は、おれにとっては死ぬまで同じ都市で生きないといけない自分の人生へのちょっとした反逆気分だった。たしかにそのことで親とは口論になったりもしたけど、最後には納得して送り出してくれた。もちろん、仕送りもしてくれている。

放浪《ほうろう》バスに乗って、『外』の凄《すさ》まじさを知る。それだけでも十分に意義はあったとは思う。あとはおれ自身がこのツェルニでどれだけ成長できるかだ。

隊長のすごさに感心しながらも、おれたちはまた他愛もない話をした。

おれたちは生まれた故郷を離《はな》れ、成長するために危険な旅を経《へ》てツェルニへとやってきた。

だけど、こんな時間だって必要だと思う。

この事態をどうすべきか……

フェリはまじめに考えていた。こうまで自分がポジティブに思考し行動する人間であったことは驚《おどろ》きだが、そうでもしなければ望みが叶《かな》わないというのであればそうしなければならないのだろう。当然の帰結というものなのかもしれない。

恐《おそ》るべき刺客《しかく》がやってきた。

あの、魔性《ましょう》の女などよりもはるかに恐ろしい相手だ。料理がうまく勉強ができて社交的な上にしかもそれを飾《かざ》らない。なによりも恐ろしいのは幼なじみであるという点だ。

時間という巻き返し不可能なアドヴァンテージを持ち、しかもただ一人の人物のためにこのツェルニまでやってきたという行為《こうい》が、そのまま意思の表明になっている。その人物は世界の命運を握《にぎ》っているわけでもなく、どこかの都市の高貴な血筋に属するわけでもない。氏素姓《うじすじょう》をどこかに置き忘れた孤児《こじ》にして、唯一《ゆいいつ》手に入れた栄華《えいが》をみじめにも取りこぼしてしまった馬鹿《ばか》な男。

その男のためにやってきた。

リーリン・マーフェス。

レイフォンの幼なじみ。

そう、ツェルニにやって来たのだ。恐ろしいことにグレンダンから放浪《ほうろう》バスに乗って。

しかも自分の兄であるカリアンは彼女《かのじょ》をツェルニに長く引きとめようと画策しているようだ。兄は戦争期の放浪バスの減少を理由に彼女を短期留学者扱《あつか》いにしてしまった。

レイフォンを利用するために、彼《かれ》がこの都市を守らなければならない理由を増やそうとしているのだ。

なんともいやらしい策だとは思う。

だが、有効なのだろう。レイフォンの表情を見る限りは。

その証拠《しょうこ》に、普段《ふだん》のどこかボーッとした感じがいままでよりもさらに増してきている感じがする。ひどいとさえ思える。が、あれで武芸科の演習の時にはまるで失敗しないのだから、誰《だれ》も文句は付けられない。

つまりはそれだけ、安心しているということだ。

リーリンの存在に。

なんとかしなければならない。

だが、なにをするべきなのか？

とにかく、まずは勝たなければならないのではないだろうか？　能力的に、総合的に。武芸者として、念威《ねんい》繰者《そうしゃ》としての能力で優位に立ったところで、リーリンよりも優《すぐ》れているということにはならない。

とすればなにで？

まずは勉強だろうか。

忌々《いまいま》しいことに、リーリンの学力は短期留学という特殊性《とくしゅ》を差っぴいても優れているのだろう。レイフォンと同じ年齢《ねんれい》なのに三年生ということになってしまった。

これを覆《くつがえ》すにはどうしたら？

学力テストしかないだろう。

幸いにももうすぐ学力テストだ。武芸大会、都市対抗戦《たいこうせん》が始まったとしても学園都市は学園都市であることをやめない。どの学科も普段の授業を取りやめることはないし、スケジュール通りにテストが行われる。

トップを取ろう。

固く誓《ちか》ったのだ。普段のテストであれば学年順位の二十位以内には苦もなく入る。念威繰者は学力の高い者が多い。念威を使っている間は一般人《いっぱんじん》が想像もつかないほど多大な情報を集積し、解析《かいせき》し、それを指定の人物に送信しと忙《せわ》しく脳を使わなければならないからだ。そのために念威繰者は一般人よりも、更《さら》には武芸者よりも生まれ付き強靱《きょうじん》な脳を有している。念威繰者は生まれた時から学力的天才児であるとされている。二十位以内という成績も、フェリにしてみれば授業を黙《だま》って聞いていればそれぐらい取れるというものだった。

一位を取ることも難しくはない。

それだけの自信がある。

（よしやろう）

フェリは固く拳《こぶし》を握《にぎ》りしめた。

もちろん、フェリだってわかっている。勉強で一番になることがレイフォンに感銘《かんめい》をもたらすのかどうか、という疑問だ。それが好意的に働くという確証はない。人の好みなど千差万別だ。フェリには全く理解できないが、兄のカリアンを慕《した》う女性が決して少なくないことも事実だ。同じようにレイフォンの魅力《みりょく》を理解できないという者もいるだろう。レイフォンが頭のいい女性が好きであるという話は聞いたことがない。そもそも、レイフォンが女性の好みについてなにか思うところがあるのかどうかさえ知らない。むしろ、あれは普段、なにを考えているのだろう？

それでもフェリは自分が立てた目的のために努力した。なにを基準にすればいいかわからない時は、まずは一般的な基準で戦うしかないではないか。学力というのは学園都市では最上位の評価基準。物差しだ。

念威繰者の物差しに振《ふ》り回されておきながら、学力という物差しを振り回す自分の姿にフェリは妙《みょう》な滑稽《こっけい》さを覚えながら、それでも日々徹夜《てつや》までして勉学に勤《いそ》しんだ。


そしてテストの結果発表。

フェリのいる二年校舎、その人数規模から校舎は複数ある。順位表はそこかしこに貼《は》り出されていた。フェリはそれを、エントランスを抜《ぬ》けたところにある廊下《ろうか》に貼り出されたもので確認《かくにん》した。

そして、愕然《がくぜん》とした。

表には上位五十名の名前が記されている。

「……なぜ？」

言葉は小さくとも、表情は微動《びどう》だにせずとも、フェリは愕然としていた。順位表を眺《なが》めているのは、その表に名前が載《の》る可能性のある者たち以外は野次馬ばかりだ。その数はそれほど多くはない。約六万人いるとされているツェルニだ。それを六学年で割ったところで、やはり一学年には万に近い学生がいることになる。その中の上位五十名。ほとんどの学生にとっては無関係であり、自分に下された順位をいかに上げるかを考えることに忙《いそが》しい。

フェリは信じられない気持ちで上から順に名前を確かめた。フェリ・ロス。文字を覚えた時から書き続け、見慣れた綴《つづ》りだ。見逃《みのが》すことはそうないとわかっていても、それでも確認はする。

「……なぜ？」

見落としは絶対にないというところまで確認して、もう一度呟《つぶや》いた。頭上にあるスピーカーが授業の開始を知らせていた。廊下からは人の姿が絶え始めた。

フェリの名前がないのだ。

その後、教室に設置された端末《たんまつ》から自分のテスト結果を知り、さらに愕然とする。

赤点。

一週間後に追試。

自分に、なにが起きたのかと思った。

†

なんだか、フェリの様子がおかしい。

久しぶりに第十七小隊のメンバーが練武館に集まっていた。

ここ最近、武芸科の授業といえば全体演習ばかりだったので、こうして小隊員だけで集まることはほとんどなかった。もちろん、毎日演習ばかりしていてはいざという時に疲労《ひろう》で動けなくなるため、頻繁《ひんぱん》に休暇《きゅうか》が挟《はさ》まれてはいる。休暇の時には一応ニーナは練武館に集合するようにとは伝えてあるが、それも自由参加にとどめさせていた。小隊員だからといって他の誰よりも頑丈《がんじょう》というわけではない。休める時には休むべきで、なにより隊長のニーナ自身が休養の大事さを痛感させられてもいるのだ。

そういうわけで、練武館に通ってくるのは生真面目《きまじめ》なニーナを筆頭に、ナルキ、レイフォンだけであった。フェリとダルシェナはたまに、シャーニッドなどほとんど顔を出さなかった。休む時に全力で休むことができるのが、この中ではシャーニッドだけだということもある。

しかし、今日は違《ちが》う。定期学力テストのために数日前から演習そのものが休みに入っていた。テストは終わり、その翌日である今日はすでに結果が発表されている。テストそのものがマークシート方式であり、その採点も機械を通されるだけなので早い。

もちろん、上級学生ともなれば論文や研究結果の提出などもあるが、それはそう簡単に結果を出せるものではないため、このテストでは行われない。あくまで、この学園が所蔵する知識をどれだけ吸収したかを確かめるためのものだ。

テストも終わり、演習は明日から再開される。

その前に多少鈍《なま》った体に活を入れておかなくてはならない。それが今日の訓練の名目だった。

「うあー、せっかく最後の休みだってのに」

最後にやってきたシャーニッドが入ってくるなりぼやいた。

「遅《おそ》いぞ」

ニーナよりも先にダルシェナが彼のたるんだ姿に柳眉《りゅうび》を逆立てた。

「まさか、テストで赤点取ったなんてことはないだろうな？」

シャーニッドは笑う。笑って冗談《じょうだん》じゃないと手を振った。

「まさかまさか、このおれが休みをふいにするようなドジを踏《ふ》むと思うか？」

「まぁな、お前はそういうところだけはとことんずるがしこい」

ダルシェナのどこまでも軽蔑《けいべつ》した視線に、シャーニッドは肩《かた》をすくめる。

「要領が良いと言ってほしいね」

だがその言葉は聞き流され、シャーニッドは乗ってこない彼女に残念な視線を送った。

が、それほど気にもせず次の興味に視線を飛ばしてくる。

ナルキの呆《あき》れた顔。その視線を追いかければこちらと目が合う。

困った笑いが、自然と出てきた。

「まさか、レイフォン？」

その空気にニーナも気付いた。

「ははは、まぁ、その……」

「取りました」

ため息とともに、ナルキが代弁してくれる。

「あれだけバイトを減らして勉強しろと言ったのに」

確かに言われた。

普段《ふだん》の授業態度や小テストの結果を知られているだけに、ナルキのその言葉には説得力があったのだけど、レイフォンはバイトを減らすことはしなかった。

「まったく、うちの馬鹿《ばか》と同じでそういうところは気楽にかまえる」

同じ赤点を取ったミィフィもテスト勉強にそれほど熱心ではなかったようだ。

「大丈夫《だいじょうぶ》なのか、来週の追試は？」

ニーナが顔をしかめて尋《たず》ねてきた。

「あ、それは大丈夫です。優秀《ゆうしゅう》な教師に頼《たの》みましたから」

優秀な教師……ナルキの言葉にレイフォンは暗い気分にならざるを得ない。

「へぇ。そんなに優秀なのか？」

「ええ。レイと……レイフォンの顔を見ればわかると思いますよ」

仲間内の呼び名を言いかけ、ナルキは改めた。ニーナがレイフォンを見る、その顔は意味を理解しているようには見えなかった。

その意味するところがやってきたのは、訓練が一通り終わり休憩《きゅうけい》に入っていた時だった。

レイフォンの提案で導入されているサイハーデン流の基礎《きそ》訓練は、簡単そうに見えて実は厳しいというものが多い。幼い頃《ころ》からやっているレイフォンならばともかく、慣れていない他《ほか》の連中は息が切れるのが早い。

ニーナが休憩を告げて、全員が座《すわ》り込《こ》みそうになっている時にノックの音が聞こえてきた。

遠慮《えんりょ》のないノックだった。ドアを拳《こぶし》とは別のもので叩《たた》いているような。実際、練習が本格的に始まってしまうと、その騒音《そうおん》が遠慮がちなノックの音などかき消してしまう。自己を主張するためにはまったく妥当《だとう》なノックの音だった。

ニーナが「どうぞ」と告げる。ドアが慎重《しんちょう》に開けられた。

「こんにちは」

室内が静かなことに、声の主は驚《おどろ》いているようだった。自分が注目されていることにややひるむ様子を見せたが、すぐに気分を切り替《か》えて堂々と入ってくる。その手には分厚いファイルブックがあった。ドアをノックしたのはそれだろう。

レイフォンはその時、刃《は》を上にした状態で剣《けん》の上に硬球《こうきゅう》を載《の》せていた。刃の上に硬球が並び、その上にさらに硬球を積み上げる。硬球のピラミッドだ。剣身から剄《けい》を伝わせ、それを硬球に伝播《でんぱ》させて剣の上に固定している。鋼糸《こうし》技術の応用であり、別の変化をすればルッケンスの風蛇《ふうだ》にもなる。

それが、リーリンの出現で崩《くず》れた。硬球はレイフォンの足元に落ち、跳《は》ね転がって散らばっていった。

ニーナたちが驚いていた。こういう失敗をレイフォンは彼らの前でしたことがない。自分でも狼狽《ろうばい》していることを隠《かく》せなかった。

虚《むな》しく転がる硬球の一つがリーリンのつま先に当たって止まった。

リーリンは全員に向かって挨拶《あいさつ》をすると、まずナルキの所に行った。

「問題用紙ありがとう」

そう言って、ファイルブックに挟《はさ》んでいた紙の束を渡《わた》す。

「いやいや、ミィのも頼むんだから当然のこと。それより、大丈夫かな？」

「うん、教科書も読んだし、試験範囲《はんい》は理解できたわ」

そう言ってファイルブックを叩くリーリンの姿はとても頼《たよ》りがいのあるものだった。おそらくそこに挟まれているのは、図書館でコピーした教科書の試験範囲部分だ。

「なにをどう叩きこめばいいか、すべて理解したわ」

その言葉の後に浮《う》かんだリーリンの目の色に、レイフォンは内心で震《ふる》えた。顔にも出たかもしれない。

恐怖《きょうふ》だ。

怖《こわ》い。

きっと、恐《おそ》ろしいことが待っているに違《ちが》いない。

「隊ちょ……」

「ニーナ」

防衛策を講じようとしたが、リーリンに遮《さえぎ》られた。それは絶妙《ぜつみょう》の呼吸だった。逃《に》げ場を求めた者の気配を察した獣《けもの》の一撃《いちげき》のようだった。殺気さえ感じていた。

リーリンは短期留学が決定してからニーナと同じ寮《りょう》で暮らしている。そして、年齢《ねんれい》は違えど同じ学年だ。その呼び方がレイフォンより気安くても、誰《だれ》も咎《とが》めたりはしない。もちろん、ニーナ自身もだ。彼女は状況《じょうきょう》への理解が追い付かず、困惑《こんわく》した様子でリーリンを見つめていた。

「なんだ？」

「これから、空いた時間はレイフォンの勉強に充《あ》てるから。放課後の訓練はレイフォン抜《ぬ》きでお願い。あと、レイフォンに教えてもらおうって集まってる人たちもいるみたいだから、その人たちにも説明をお願いね。追試が終わるまでありませんって」

「あ、ああ……じゃあ、教師っていうのは？」

「そう、わたし」

リーリンはにっこりと笑うと、レイフォンに向き直った。

笑顔《えがお》はそのまま。

ただ、目は笑っていない。

「徹底的《てってい》に叩《たた》きこむから」

覚えのある、底冷えのする目でレイフォンを射貫《いぬ》いていた。

†

唖《あ》然《ぜん》とする時間が過ぎ、そのまま訓練の時間も終わった。

レイフォンは、あのまま連れ去られてしまった。

フェリは茫然《ぼうぜん》としていた。なんてこと……と、歯噛《はが》みしていた。

今回のテストで上位を取ることができていれば自分がレイフォンに堂々と勉強を教えることができた。いや、ナルキがリーリンに依頼《いらい》したような形ではないだろうが、それでも自分の成績を示してレイフォンの教師役を勝ち取る機会はあったはずだ。

（なんてこと……）

何度も呟《つぶや》く。よりにもよってこんな時にこんな結果になってしまうなんて。

自分の部屋に戻《もど》ったフェリは着替《きが》える時間ももどかしく、机に張り付いて問題用紙と睨《にら》みあう。テストのやり直し、そして答え合わせ……

（おかしい）

九割以上が正解している。ほぼ十割。二十位以内どころか、フェリが予想したとおりに一位だっておかしくないはずだ。

それなのに、なぜ？

機械の誤作動？　誰かの答案と取り間違えられた？

それなら、誰か自分とは違う生徒が一位になっていてもおかしくない。だが、今回のテストで一位になっていたのは、順位表の常連だった。誰かの答案と自分のものが入れ替わっているのだとしたら、その生徒が一位を取っていなければおかしい。そしてその誰かは、思いもかけない一位という状況に困惑しているはずだ。

だが、そうではない。そんな話は聞こえてこなかったし、順位表におかしな点はどう見てもなかった。

フェリがいないという点を除けば。

「なぜ……？」

自分一人の部屋でフェリは頭を抱《かか》えた。自分は間違えていない。なのに何故《なぜ》？

採点が間違っていないなら、訴《うった》えるべきだろう。しばらく待っていれば都合のよい人間がここにやってくるではないか。

そう、自分の兄だ。

生徒会長であるカリアンに直接訴えれば、原因究明はもっと早くにできるに違いない。

しかし、それをすればフェリが赤点を取ったということがばれてしまうではないか。

いや、もうばれているのか？　ばれているような気がする。兄はそういうところは抜け目がない。どんなに忙《いそが》しくても自分の妹のテスト結果は確認《かくにん》するだろう。

なんと言うだろう、兄は？

ふと、フェリはいままで考えてなかったこの件について想像の羽を広げてみた。

ただ良い点を取るというだけならば、念威繰者《ねんいそうしゃ》はそれを簡単にこなす。強化された脳組織は記憶《きおく》力もずば抜けているからだ。それゆえにほとんどの念威繰者はテストでは無理に良い点を取ろうとはしない。記憶することは重要だが、ただ記憶するだけでそれをいざという時に活用できなければ意味がないからだ。そのため、念威繰者たちはテストよりも論文などに力を入れる傾向《けいこう》にある。フェリが今回やったことは、そういう意味では大人げない行為《こうい》だ。他の念威繰者たちから白眼視されたとしてもおかしくはない。……実現していればの話なのだが。

しかし、赤点というのはさすがに……

「入るよ」

ノックの音もおざなりに声とドアの開く音が同時にしてフェリは机から顔を上げた。考えごとに没頭《ぼっとう》しすぎていたようだ。兄が帰ってくる音を聞き逃《のが》していた。

「……どうしました？」

入って来たカリアンの顔は苦み走っていた。こんな顔をさせるのはツェルニ中でも、そして実家でもフェリぐらいだろう。

しかし、いまはその顔にしてやったりとは思えない。

予想が当たっていたとしか思えないからだ。

「テストの結果、もう知っているね？」

カリアンは、一瞬《いっしゅん》だけ視線をフェリから机上に移した。そこには問題用紙がいまだに広がったままになっている。

「納得《なっとく》できません」

フェリは即座《そくざ》に切り返した。

「そうだね。納得できないだろうね」

嘆息《たんそく》する兄の姿が、現実を確かなものとしていた。

つまり、あのテストはひどく正当な結果だったということだ。

「そんな……」

フェリは椅子《いす》を倒《たお》す勢いで立ち上がり、次いで足元をふらつかせた。地面がなくなったような気がしたのだ。自分を確固として定めていたものに裏切られた気分というのが正しいだろう。

なんとか、倒れることだけはとどめることができた。

そんな妹を、兄は憐《あわ》れむ目で見つめていた。

「追試は免《まぬが》れないよ。とにかく、わたしから言えるのはそれだけだ」

カリアンはそう告げると、部屋から出ていった。

フェリは、ただ茫然とした。

†

もちろん、茫然としたままで過ごすわけにもいかない。感情と行動の切り離《はな》しは、念威繰者がまずしなければならない訓練でもある。なにかに動揺《どうよう》したままでは、戦場にいる武芸者たちに不確実な情報を与《あた》えてしまうことになるからだ。フェリは困惑《こんわく》したまま机に向かった。先ほどの解き直した問題を、兄に改めて採点してもらおうと思ったが、すでにカリアンの姿はここにはなかった。どうやら、フェリにそれを伝えるためだけに一時帰宅したにすぎないようだ。

まずなにをしなければならないか、フェリはそれを考えた。

とにかく、自分の答えが間違《まちが》っていないということを第三者の目で確かめてもらうことだ。とにもかくにも、自分が本当に認識力と理解力に致命的《ちめいてき》な歪《ゆが》みが発生したのではないことを確認しなければならない。

端的《たんてき》に言えば狂《くる》ったのではないということを誰《だれ》かに証明してもらいたかった。

それを誰に？

ニーナ？　確かに上級生だがそれほど成績が良かったようには思えない。

シャーニッド？　右に同じ。

ダルシェナ？　成績は良いだろうが、それほど仲良くもない。

ハーレイ？　頭は良い。だが、彼に錬金鋼《ダイト》以外の話をするのはなぜか癪《しゃく》に障《さわ》る。

エーリ？　気安く相談はできるが、成績はそれほどよくはない。

「だめね」

指を折って自分の知人を並べたが、頼《たよ》りになりそうな人は見つからなかった。

レイフォン？　さらにだめ。そもそも赤点。

だが、レイフォンのことを考えた時、フェリはもう一人の人物を思い浮《う》かべずにはいられなかった。

リーリン・マーフェス。メイシェン・トリンデンを上回る現時点での仮想敵。いや、仮想ではないのだろう。現実としての敵なのだ。

時として、自分はどうしてこんなにも……と疑問を覚えることはある。自分の気持ちを最終的にどういう場所に着地させたいのかさえ、実のところはっきりしていないというのに、彼の周りに異性の匂《にお》いが満ちることをひどく嫌《いや》がってしまう。

それは、嫉妬《しっと》というものだ。

もちろん、そんなことは誰に教えてもらうでもなく承知している。フェリ・ロス。十七歳《さい》。恋愛《れんあい》の熟練者ではなくとも、基本的な知識の欠如《けつじょ》に悩《なや》むほど鈍感《どんかん》ではない。

「悩んでも仕方ない」

第三者の視点は保留しなければならない。しかし、どうあがいても自分一人で考えて答えの出る問題ではない。エーリに相談してみるのもいいかもしれない。

だが、その前に……

「……やるしかない」

フェリは机に座《すわ》り、教科書と向かい合った。他にやることといえば範囲《はんい》の再確認《さいかくにん》と覚え直しかないではないか。

だが、結局はそれがフェリの精神をより泥沼《どろぬま》に踏《ふ》み込《こ》ませる結果となる。

どれだけやっても自分の間違いがわからない。教科書を読み返しても覚え違いや忘れている部分がほとんど見つからないのだ。特に今回はテスト前にかなり入念に暗記したのだから、その気になれば教科書を見ないでその文面をノートに再現することだって不可能ではない。

（どうして？）

やはり自分は間違っていないのか？　いいやテストの点がその考えが間違いであることを示している。

やればやるほど、フェリの混乱は深刻度を増していく。念威能力そのものに欠陥《けっかん》が生まれたのか？　とまで考えだした。脳に異常があるのだとすれば、剄脈《けいみゃく》よりも脳の処理能力が重要な念威繰者としての能力にも問題が出ているはずだ。念威でどれだけ情報収集しようとも、脳がそれを正しく判断できないのであれば、情報の正確な伝達なんてできようはずがない……

そのことに、フェリはそれこそ声を上げたくなるぐらいに恐怖《きょうふ》を感じた。念威繰者として役立たずになる。念威繰者を捨てるためにここに来たはずなのに、いざ自分がそうなった時に恐怖を感じるなんて……自分の心に理不尽《りふじん》さを感じる。

「そう、そうです」

自分に何度も言い聞かせる。

そうだ、新しいなにかを、可能性を見つけるためにここに来ているのだ。カリアンに強制され、あるいは自分の才能を使わなくてはならない状況《じょうきょう》もあったけれど、本来の自分はそうなのだ。

何度も、何度もそうやって言い聞かせる。

「チャンスじゃないですか、これは。武芸科をやめるチャンスに違いありません。やっと、わたしは本道に立ち返れるのです」

言い聞かせる。

だけど……？

だけど、だ。

もしも……もしも自分には念威繰者《ねんいそうしゃ》になるしかないぐらい、どうしようもなく他《ほか》に才能がなければ？

何度も何度も考え、そしてその度《たび》に震《ふる》えた。もしも念威繰者以外に自分の人生に輝《かがや》けるものがなにもないとしたら？　もう自分は念威繰者でしかいられないのか。生まれた時からあるその才能以外に自分に生きる意味はないのか？　だとしたらそれは、機械となにか違いがあるのか？

そして、その念威繰者としての才能さえも失われたら？

「わたしに、なにが残るの？」

教科書を投げ出し、フェリはベッドに飛び込んだ。シーツに噛《か》みつきたい衝動《しょうどう》を抑《おさ》え、ただ顔を押《お》し付ける。

体の震えまで抑えることはできなかった。

†

眠《ねむ》れないまま朝を迎《むか》えた。

「最低の顔……」

フェリは鏡を見て思った。目の下にクマができて、顔全体がどこか腫《は》れぼったい。冷たい水で何度も顔を洗い、なんとか引き締《し》める。

ただ、ぼうっとするのだけはどうしようもない。単なる寝不足《ねぶそく》なのか、それとも脳がおかしいからか。

「寝不足に決まっています」

言葉に力がない。

いつもなら簡単にそう断言することができるのに、今日ばかりは自信がない。念威繰者であっても武芸者には変わりない。一日二日の徹夜《てつや》なんてなんでもないはずではないか。

実際、多数の汚染獣《おせんじゅう》の襲来《しゅうらい》をレイフォンと二人だけで対処した時は、それぐらいの徹夜を何度もこなさなければならなかった。

それなのに、今日はただ一晩寝ていないだけでこんなにも疲労《ひろう》している。

(考えないように……)

自分にそう言い聞かせるしかない。

フェリは着替《きが》えると、学校に向かった。

だが、学校に行って授業を受けてもまるで頭に入らない。休憩《きゅうけい》時間になればエーリが心配そうに話しかけてくるが、それにもフェリは曖昧《あいまい》に答えた。

相談しようという気持ちはなくなっていた。エーリは普通《ふつう》の人だ。テストのことならともかく、それが念威のことにも繋《つな》がる可能性があるなら相談しても仕方がない。

おそらくこの考え方は傲慢《ごうまん》と取られるかもしれない。だが、一概《いちがい》にそうともいえないのだ。これは、武芸者と一般人《いっぱんじん》との間にある精神的な確執《かくしつ》でもある。普段は必ずしも目に付くわけではないが、決定的な部分でこの考え方が両者の間に溝《みぞ》を作る。同じ都市に生きながら、戦場を知らざるを得ない者と戦場を知らずに生きることができる者の違《ちが》いだ。

午前の授業はすぐに終わった。

午後、武芸科での演習が再開される。が、今回は全武芸科生徒を集めての大規模な演習ではない。フェリが所属する第十七小隊は演習から外されていた。

そのことにほっとする。もしかしたら演習が、今の心配を決定づけるかもしれないのだから、できるならやりたくない。

前日からニーナに今日も練武館に集まれと言われていたが、それも無視することにした。

校舎を抜《ぬ》けだし、人気のない場所を求めて当て所《ど》もなく歩く。

心身両方の疲弊《ひへい》がフェリの体を重くしていた。この時になってこんなにも疲《つか》れているのが、心労のためだと納得《なっとく》することができた。

体はあくまでも大丈夫《だいじょうぶ》。

それなら、問題は？

やはり……

気分を明るくするものなどなにもない。

気が付くと、公園の東屋《あずまや》で一人佇《たたず》んでいた。

ぼんやりと公園の風景を見る。昼食時も過ぎ、午後の授業の時間となっている。公園に人の姿はない。

「あれ？」

驚《おどろ》きの声が背にかかった。

振《ふ》り返ると、そこにはレイフォンがぽかんと口を開けて立っている。

「なにしてるんですか？」

「……なにもしていません」

言いわけの言葉も浮《う》かばず、フェリはそう答えた。レイフォンは東屋の中に入ってきて、フェリの向かい側に座《すわ》った。

テーブルの上に鞄《かばん》が置かれた。一杯《いっぱい》に詰《つ》め込《こ》まれている様子で、膨《ふく》らんでいる。

「それは？」

「リーリンに読めって言われて押し付けられたファイルですよ」

レイフォンは乾《かわ》いた笑いを浮かべて、鞄に手を置いた。

「それより、フェリは練武館に行かないんですか？」

「今日は、気分ではないので」

フェリが言うと、レイフォンは生返事をした。どうしたものかと思っているのかもしれない。

「そういうレイフォンも練武館には行かないのですか？」

尋《たず》ね返すと、レイフォンが奇妙《きみょう》な顔をした。その態度にドキリとなる。いま、自分はおかしなことを口走ったのだろうか？

だが、レイフォンはそれ以上気にしなかった。

「リーリンが手回しして、追試まで訓練なしです。昨日も言ってたでしょう？」

「そうでしたか？　すごいんですね」

そうだったかもしれないが、よく覚えていない。

「本当ですよ。どうやって隊長を説得したのやら」

熱血で訓練好きだが、あくまで文武両道をニーナは宗《むね》としているはず、それほど説得は大変ではないのではないだろうか。フェリはそう思ったが口にはしなかった。

「では、これからリーリンさんと勉強会ですか？」

「そういうことです」

レイフォンの顔はぐったりとしていた。疲れ切っていると言ってもいい。武芸者としてはおそらく最上位の実力を持つだろうレイフォンが、たった一晩でこんな顔になる。フェリは目を丸くした。

「厳しそうですね」

「厳しいなんてもんじゃないです。鬼《おに》なんです。勉強のことになると。ああもう……」

レイフォンは頭を抱《かか》えて呻《うめ》いた。

「覚えるまで読め、書けってもう……一時間ごとにテストするんですよ。地獄《じごく》です。自分ができるからって他人もできるって思ってるんです。できないって言ったらできるまでやれって言うんですよ」

それは、レイフォンも言っているのでは？

もちろん、口には出さない。

レイフォンの愚痴《ぐち》はまだまだ続く。

「ああ、これからまたあの地獄が始まるんです。本当に勘弁《かんべん》してほしい。昨日はミィとずっとどうやって逃《に》げようか相談してたんですよ。でも、ナッキもメイも見張ってて逃げ出せなくて……」

次々と出てくるその名前に、フェリは眉《まゆ》が動いたのを自覚した。

女の名前ばかり。

面白《おもしろ》くない。

非常に面白くない。

愚痴を聞きながら、フェリは自分のことを忘れて、レイフォンのつむじを冷たく見つめていた。

「学園都市の試験勉強してる時もこうだったんですよ。もうあれで一生分勉強したと思ってたのに……」

「興味がわきました」

レイフォンの言葉を遮《さえぎ》り、フェリは呟《つぶや》いた。

「へ？」

虚《きよ》を突《つ》かれた顔でフェリを見てくる。

「その勉強会、わたしも覗《のぞ》いていいですか？」

「は？」

「……この時間、一般《いっぱん》教養科は授業ですし、ナルキはどうせ練武館でしょう？　監視《かんし》役が一人はいると思いますが？」

「えええええ？」

悲痛な顔を浮かべるレイフォンに、フェリは少しだけすっきりした。

嫌《いや》がるレイフォンを引っ張るようにしてフェリは集合場所である図書館に向かった。この分館は自習室が豊富に用意されており、サークルの会議やちょっとした集まりなどにも使われたりする。もちろん、図書館であることに変わりはないので宴会《えんかい》などはもってのほかだが。

リーリン名義で借りた自習室は五人ほどで集まるにはちょうどいいスペースだった。室内にはテーブルとイスしかないが、それが集中を妨《さまた》げない。静かに勉強をしたい人たちにはもってこいの環境《かんきょう》だ。防音材もしっかりしているようで隣室《りんしつ》の音も聞こえない。

すでに来ていたリーリンはフェリが一緒にいることに驚いた様子だ。

「フェリさん？」

「お邪魔《じゃま》します」

「あ、はい。どうぞ」

恐縮《きょうしゅく》した様子でリーリンが頭を下げてくる。フェリはレイフォンを室内に放《ほう》り込《こ》んだ。

「あの、フェリさんも……？」

「協力します」

「あ、ありがとうございます」

リーリンの顔は対処に困った様子だった。なぜだか知らないが、時々フェリはこういう態度を他の人から取られる。なぜだろうと思う。自分は言葉が少ないだけなのだが？

「えーと、じゃあ……」

裏切り者という目で見てくるレイフォンの後ろ襟《えり》をリーリンが摑《つか》んだ。

戸惑《とまど》う表情とは、まるで反対の行動。力任せにレイフォンをイスに座らせると、レイフォンににっこりと微笑《ほほえ》みかける。

レイフォンはひきつった笑みでそれに応《こた》えた。

「とりあえず、昨日のおさらいからしようか？」

「お手柔《てやわ》らかに」

「だめ」

即断《そくだん》で却下《きやつか》され、レイフォンの顔がさらにひきつる。だが、リーリンはそれに全くかまわず、その口から問題を紡《つむ》ぎ出した。

教科書を見ない。問題集が用意されているわけでもない。それなのに、まるで問題集を読んでいるかのようにその口からはすらすらと問題文が溢《あふ》れだした。

それに、レイフォンが額に汗《あせ》を浮《う》かばせ、頭を抱《かか》えて悶《もだ》えながら答える。

ほとんど、間違《まちが》えていたけれど。

「レイフォン……」

「いや、あのね、がんばったんだよ。これでも」

底冷えのするリーリンの言葉に、レイフォンは慌《あわ》てて弁明をする。

「あのね……」

「待って待って、ほんとうだって！　ちゃんとリーリンの言う通りこのファイル読んだよ。何回も！」

「ちゃんと覚えたか、自己テストした？」

「……え？　いや、そりゃ、もちろん」

「嘘《うそ》」

弱気な言葉は一言で切って捨てられた。

「自己テストしてれば、こんな結果になるわけないでしょう！」

防音材がなければ、司書に追い出されそうな大声だ。

「いや、本当にやったって……ただ」

「なに？　もしかして、『ただやっただけ』とか言うつもりじゃないでしょうね？　そんなこと言ったら、わたしがどうするか、わかってて言うつもり？」

「うっ！」

「いい加減にしなさい！」

リーリンの怒鳴《どな》り声が室内一杯《いっぱい》に広がる。

そして、地獄《じごく》が始まった。

それはもう、見ているのが辛《つら》くなるぐらいに厳しい。戦っている時のレイフォンを見たことのある者なら、今のレイフォンの姿は誰《だれ》も想像できないだろう。

「うう、ちょっと休ませて……」

「あと十問解けたらね。もちろん一発で」

「うう……」

「ほら、手が止まってる。読んで覚えられないなら書き取る。頭と体の両方に染《し》み込《こ》ませなさい」

「あうう……」

「このテストで百点取れなかったら、マイナス分の数だけ書き取りやらせるからね」

「ううううう……」

再びリーリンの口頭によるテストが始まる。それをフェリは複雑な気分で見つめていた。

協力すると申し出たが、フェリのやることはなにもない。いや、いまは自分に自信がないのだから、実際に手伝わされたらそれはそれで困るのだが、しかしこれは……

ここまで弱り切ったレイフォンを見たのは初めてだ。

いや、弱り切っただけなら見たことがあるような気がする。

だが、これは違う。武芸者としてのレイフォンならこんなことをされようものなら力尽《ちからず》くでどうにかするのではないか？　いや、そんなことはないか。しかし、ここまで従うなんてことはないかもしれない。

もちろん、フェリやニーナにこんなことはできない。なんとなく、遠慮《えんりよ》してしまうからだ。嫌《きら》われることを好む者なんてそうはいない。そして、フェリも嫌われるのは仕方がないが、自分から嫌われたいとは思わない。

もちろん、こちらが嫌っている者になんと思われようと知ったことではないが。

だが、リーリンは徹底《てってい》的にやる。レイフォンに嫌われるかもなどと考えていないのだろうか？

隙《すき》を見てリーリンに自分のテストを渡《わた》して解かせてみようと鞄《かばん》から問題用紙を出しているのだけど、そんな隙なんてどこにもなかった。

テストが終わった。

「……五十点」

その結果にリーリンが苦々しい顔をし、レイフォンが青い顔をした。

「さっきのテストの範囲《はんい》、書き取り五十回。……わかってるわね」

「うう……いやだ――――っ！」

いきなり、レイフォンが爆発《ばくはつ》した。イスを蹴《け》り、立ち上がる。フェリはその迫力《はくりょく》に押《お》されて一歩後ずさった。

「なによ？」

リーリンは動かない。迎《むか》え撃《う》つかのように胸を張り、レイフォンを見下ろすような態度を取った。

だが、レイフォンはリーリンと向かい合わない。後ろにいたフェリの横を駆《か》け抜《ぬ》け、ドアを抜け、そのまま走り去って行ってしまった。静かにと司書の怒鳴り声が聞こえてきた。

部屋の中を疾風《しっぷう》が駆け抜け、髪《かみ》を乱した。

「まったく、もう……」

呆気《あっけ》にとられていたリーリンだが、すぐに気を取り直して乱れた髪を押さえた。倒《たお》れたイスを直し、床《ゆか》に落ちたファイルを拾う。

その顔に疲労《ひろう》が影《かげ》のように張りついていた。

考えてみれば、レイフォンのためにこのファイルを用意し、そして勉強に付き合っているのだ。ファイルを作ったのはいつだ？　テストの結果が出たのは昨日の朝だ。午後の練武館に来た時には完成していた。自分の授業もあるだろうに、それを無視してまで、このファイルを作ったのだ。

レイフォンのためにツェルニに来た少女。

それが、リーリン・マーフェスなのだ。

「…………」

「……え？」

思わず、フェリの口から言葉が零れた。リーリンの耳に小さな言葉の欠片《かけら》が引っ掛《か》かったようで、こちらを見る。フェリはすぐに彼女に背を向けた。

「連れ戻《もど》してきます」

そう言って、フェリも図書館を出る。

負けるものか。

フェリはそう呟《つぶや》いたのだ。

レイフォンは武芸者としてこのツェルニに来たわけではない。武芸者以外の生き方を見つけるためにやって来たのだ。それなのに武芸者としての実力が明るみに出てしまって、こんなことになっている。定期テストで追試を受けてしまうような結果になってしまっている。

それはたぶん、レイフォンの個人的な性格にもよるだろうとは思う。頭を使うよりも体を使う方を選ぶ。武芸者としての性《さが》もあるのか？　それだけとも言い切れないが、そうではないとも言い切れない。

だが、武芸者としての毎日がなければもう少しはマシなのではないだろうか？　でもレイフォンは武芸者としてこのツェルニの危機に立ち向かい、そしてそのことを次第《しだい》に苦に感じないようになってしまっている。

きっとこれは悪い兆候《ちょうこう》。

特に、リーリンはそう思ったのではないだろうか？

だから、あんなにもレイフォンがちゃんと追試を切り抜けられるように頑張《がんば》っているのではないか？

あんな無茶なやり方、レイフォンに嫌われるかもしれないというのに。

「傍観者《ぼうかんしゃ》なんて御免《ごめん》です」

図書館を出たフェリは腰《こし》の剣帯《けんたい》から錬金鋼《ダイト》を抜きだした。重晶錬金鋼《バーライトダイト》。即座《そくざ》に復元。杖《つえ》が生まれ、花弁が舞《ま》うように念威端子《ねんいたんし》が剝離《はくり》していき、宙を舞う。

レイフォンを探すため、端子を飛ばす。

その動作に迷いはなく、ここに来るまでの心配事はまったく頭の中になかった。

†

念威端子はすぐにレイフォンの居場所《いばしょ》を探し当てた。

離《はな》れていないどころか、図書館の敷地《しきち》内だ。人目につかない裏庭でレイフォンは体育座《ずわ》りをしていた。

裏庭全体を覆《おお》う図書館の影《かげ》が、この辺りを涼《すず》しくしている。

「フォンフォン……」

呼びかけると、レイフォンは背をビクリと震わせて、こちらを向いた。

「いや、これは違《ちが》うんですよ。さすがにあれなんで、ちょっと外の空気が吸いたくなったというか。ええ、ちゃんとやりますよ書き取り。任せてください」

一息で弁明の言葉を並べたてるレイフォンに、フェリはため息を吐《つ》いた。

「とりあえず、彼女にはちゃんと謝《あやま》った方がいいと思います」

「……はい」

すぐに立ち上がろうとしたレイフォンをフェリは押しとどめた。そして端子をリーリンの所へ向けると、見つけたことと少し頭を冷やさせると告げた。

「フェリ、先輩《せんぱい》？」

「フォンフォン……」

「フェリ……」

じっと睨《にら》むとレイフォンが慌てて言い直す。そして、小さく笑《え》みを零《こぼ》した。

「なんです？」

「いや、ここに来る前に、公園で僕のこと普通《ふつう》に名前で呼んだじゃないですか。あれ？って思ってたんですよ」

「あ……」

あの時にレイフォンが変な顔をしたのを思い出した。

「ちょっと、言い間違えただけじゃないですか」

フェリはそう呟くとレイフォンの隣《となり》に座った。

それから、レイフォンとぼんやりと裏庭の光景を眺《なが》めた。特に見ごたえのあるものはなにもない。芝生《しばふ》があって、視界を遮《さえぎ》る木があって、その奥《おく》には別の建物がある。あの建物はなんだったろう？

「リーリンも別に悪気はないんですよ」

そんなことを考えていると、レイフォンが呟いた。

「ツェルニに来る前の、入学試験のために勉強してた時もあんな感じでしたから」

「はぁ……」

「怖《こわ》いんですけどね。それにしんどいですけど、それは僕だけのことじゃないし」

それは、教える側のリーリンのこともわかっているということだろうか？　そう考えると、またフェリはむっとしてしまう。

「ただ、きついんですよねー」

そう呟くと、レイフォンは自分の膝《ひざ》に顔をうずめた。

「でも、リーリンが怒《おこ》るのも仕方ないのかな？　グレンダンであんなにがんばって勉強したのに、こんなことになっちゃってて……」

「それは、怒るんじゃないですか？」

「ですよね」

レイフォンは苦い笑みを浮《う》かべた。

「でも、困ったことに勉強が全然好きになれないんですよね。なにか良い方法があればいいんだけど……」

「そうですね」

好きになるということは、その中になにかしら自分の進むべきものがあるということになるのではないだろうか？　短絡《たんらく》的だろうか？　しかし、そうとでも思っていなくては人生というのは……いや、一般人《いっぱんじん》の生き方というのはとてつもなく厄介《やっかい》だということになる。

そうだ。武芸者は、生まれた時からただ武芸者として生きればいいけれど、一般人たちは違う。いろんな経験を経《へ》て、都市の生活を支えるなにかになるのだ。そのなにかをみんながみんな、きちんと見つけているのだろうか？　きっとそうではない。そんなに甘《あま》くないことぐらいわかるつもりだ。

「……もし、得意なものがなにも見つからなかったらどうします？」

「え？」

「武芸以外に、面白《おもしろ》いと思えるものがなにもなかったら、フォンフォンはどうします？　このまま、武芸者でいますか？」

レイフォンはなんと答えるだろう？　昨晩はこの事を考えて、とても怖くなったのだ。

それに、レイフォンはどう答える？

「……どうしましょうか？」

「聞き返さないでください」

「そうですね。悩《なや》みますね。武芸者でも別にいいんじゃないかと、最近ちょっと思ってますけど、でも、それはまずいかな？　って思ったりもするんですよね。いえ、うん、まずいんです。それは」

「どうなんですか、それ？」

「うん。でも、十年二十年先のことなんて、たぶん考えても仕方がないんですよ。数年先のことさえ僕《ぼく》にはわからなかったし。たぶん、それは今でも変わらないし、この先もこんな感じじゃないかなとも思うんです」

そう呟《つぶや》くと、レイフォンは芝生に勢い良く寝《ね》そべった。

「それなら、この六年間を使ってなるべくたくさんいろんなことを経験して、それで運が良ければなにかを見つけて、そうでなかったら最低でも普通に暮らすのに困らないなにかの資格を手に入れようかなって」

「それでいいんですか？」

「とりあえずは、ですよ。もちろん。とりあえず、今の目標は赤点脱出《だっしゅつ》ですね」

「気楽ですね」

やはり、変わった。初めて会った頃《ころ》は、もっと切迫《せっぱく》した感じがあったような気がした。武芸者として利用される自分に不満を感じ、そこから逃《に》げられないことに暗い影《かげ》を見ていたような気がした。

だけど、今の顔にはそれがない。

それはどういうことだろう？

いや、わかっている。答えは目の前にある。

変わったのだ。このツェルニに来て。なにが影響《えいきょう》したのかわからないけれど、少なくともここにあるなにかがレイフォンをこうしたのだ。あるいは、ここにある全《すべ》てが。

それは、ツェルニに馴染《なじ》んだということでもあるのだろうか？

フェリたちといる生活が日常になっているということなのだろうか？

「気楽すぎます」

そう言うと、フェリもレイフォンと同じように芝生に寝そべった。

「でも、それでいいのかもしれませんね」

念威《ねんい》の才能に負けない、輝《かがや》けるもの。

そんなものがなくても、人は生きていけるのだ。輝かしくも華《はな》やかでもないかもしれない。お金に困るようなことになるかもしれない。

だけど、命にかかわるような危険に何度も直面したりもしない。

ささやかだけれど、平穏《へいおん》な生活。

そんなもので、いいのかもしれない。

きっと、そんなものでいいのだ。


「……なにを呑気《のんき》に寝てるの？」

地の底から聞こえてくるような声に、レイフォンだけでなくフェリまでも反射的に起き上がった。

いつの間にか寝てしまっていた。徹夜《てつや》と心労が原因だとは思うが、本当にいつ眠《ねむ》ったのかわからなかった。

リーリンが怒《おこ》っている。

おや？　フェリは思った。いつの間にこんなにレイフォンと距離《きょり》が近づいているのだろう？

リーリンの背後にはメイシェンたちがいた。ミィフィがニヤニヤしている。ナルキがなんとも言えない顔をしている。メイシェンが戸惑《とまど》っている。

「あ、あのね、リーリン、ちょっと休憩《きゅうけい》してたらいつの間にか寝ちゃってて」

レイフォンは自分の状況に気付かず、ただ寝てしまったことを弁明しようとする。

そこで珍《めずら》しいミスをした。

立ち上がろうとして足を滑《すべ》らしたのだ。おそらくそれは、慌てていたためにフェリの足に引っかかったのだと思う。接近していたことに本当に気付いていなかった証拠だ。

「わっ」

「え？」

いきなりのしかかるようにして迫《せま》るレイフォンの顔に、フェリはなにもできなかった。驚《おどろ》くべき反射神経でレイフォンが手で支えたからぶつかることはなかったけれど、芝生に着いた両腕《りょううで》が勢いを殺すために一瞬《いっしゅん》だけれど腕立て伏《ふ》せのような動きをし、レイフォンの顔がさらに近づいた。

……………………え？

一瞬の感触《かんしょく》。本当にそれは一瞬で、事実以外には余韻《よいん》もなにもない。

「なにしてんのよ？」

リーリンの呆《あき》れた声。気付いていない？

「ななな……なんにもないよ？」

レイフォンの慌てた声。さすがに、自分のことには気付かないままではいられないようだ。肉体的感覚までは鈍感《どんかん》ではいられないらしい。

（では……？）

さっきのは本当に？

「そう？　ならもう十分に休憩したわよね。じゃあ、今度は手加減抜《ぬ》きでいきましょうか」

リーリンの宣言にレイフォンが悲鳴を上げる。だけど彼女は取り合わず、代わりにフェリを見た。

その視線に、余計な詮索《せんさく》をしてしまって必要以上に圧迫《あっぱく》を感じてしまう。

「フェリさんも、今度は手伝ってくださいね。みんな来たし、こんなに成績良いんだから」

「え？」

だが、やはりリーリンは気付いていないのか、当たり前のように別の会話が進行していく。そのことに付いていけずフェリは首を傾《かし》げた。

「これ。すごいじゃないですか」

リーリンの手には紙の束があった。フェリが鞄《かばん》から出していたあの問題用紙だ。しかもコピーしてフェリが昨夜答えを書き込んでいた方。間違《まちが》えて、書き込んでいる方を出してしまっていたようだ。

「満点じゃないですか。こんなに成績良いなら、ちゃんと手伝ってください」

リーリンの声には険があった。図書館にいた時の遠慮《えんりょ》がない。

だが、いまはそのことは頭になかった。

問題用紙を見せられたことでさきほどまで思い悩《なや》んでいたことが浮《う》き上がってきた。

そして、満点。

リーリンがそう保証してくれた。

それはつまり、フェリの脳になにか問題があったわけではないということ。

「そう。そうですか」

フェリは一人納得《なっとく》して頷《うなず》く。そう、わたしに問題があったわけではない。

とりあえず、それがわかればいい。

そして誰《だれ》も気付いていない。当人同士以外は。リーリンも、その後ろにいた三人も気付いていない。

ならば、これはこのままにしておけばいい。

悪いことではないのだから。

むしろ、良いことのはずなのだから。

「それなら、いいんです」

フェリは立ち上がった。すっきりとした。少し寝《ね》たこともあるだろうが、頭の中がとてもすっきりとしていた。

むろん、それだけではないけれど。

むしろショック療法《りょうほう》だろうか？

余韻さえもない、簡素な事実。

だけど、衝撃《しょうげき》的な事実。

それが全《すべ》てを吹《ふ》き飛ばした。

（まぁ、人間なんてそんな、単純な生き物です）

「フェ……フェリ先輩《せんぱい》？」

レイフォンがなんとも定まらない顔でこちらを見る。その目はどちらの意味を宿して戸惑っているのだろうか？

「ええ、手伝わせていただきます。やはり、赤点はだめだと思いますから」

「ええ？」

「赤点はだめなんでしょう？」

フェリのその言葉に、レイフォンは二の句が継《つ》げなくなって、がっくりとうなだれた。

（なんだ、そっちか）

フェリはとても残念な気持ちになった。

そして、遠慮する必要はないという結論に至った。

†

そして追試の翌日。レイフォンは自分が赤点ではないことに、それ以前の地獄《じごく》の一週間を生き抜いたことに涙《なみだ》を浮かべ、ミィフィと手を取り合って喜んだ。

フェリも当たり前に追試を余裕《よゆう》でこなした。

ちなみに、赤点の原因は答えを書く場所がずれてしまったからだった。

寝不足《ねぶそく》による集中力低下が招いたマークシート方式の落とし穴だ。

おれとあいつのナイトタイム

バイトが終わって帰っていると、あいつを見つけた。

びっくりだ。いや、びっくりに値しないのか。

おれとあいつの住んでる場所が同じ区画だというのは結構前から知っていた。だけど、帰りの時間が被《かぶ》ることはなかったのでこの時間にあいつを見ることはなかった。

あいつ……レイフォンが女連れで歩いている。

驚《おどろ》くべきか、そうでないのか。

レイフォンの人気を考えればおかしくはないが、しかし、あいつの性格を考えるとおかしいような気がする。

しかし、よく観察すればもう一つの可能性も考えられる。

その後ろ姿。平均的な身長のレイフォンよりも頭一つは小さいその姿は、クラスで一番人気のメイシェンなどよりもはるかに有名な美少女、生徒会長の妹にして、第十七小隊の念威《ねんい》操者《そうしゃ》。

ザ・パーフェクト。完璧《かんぺき》美少女のフェリ・ロス先輩《せんぱい》だ。

同じ第十七小隊。同じ方向に家があるのなら、帰りが一緒《いっしょ》になるのもおかしなことではない。

しかし、おれは見たことがなかった。

その姿を、後ろ姿でさえこんな距離《きょり》で見たことのないおれは、硬直《こうちょく》した。

声をかければいい。そうすれば、もっと間近で彼女《かのじょ》を見ることができる。彼女には好意とかそういうものではなく、単純にその姿をもっと見たいという気持ちにさせる。

どうするべきか……おれが悩《なや》みぬいていると、レイフォンが足を止めてこちらを見た。

「あ、いま帰り？」

気楽にそう話しかけてきた。彼女もこちらを見た。そのどこか眠《ねむ》たげな瞳《ひとみ》に、おれは心臓を貫《つらぬ》かれた。

恋《こい》ではなく、ただ舞《ま》い上がった。

そしてなぜか、三人で近くの自販機《じはんき》売り場に立ち寄っていた。

夜中に腹をすかせた寮生《りょうせい》たちが集《つど》う、憩《いこ》いの場だ。ずらりと並べられた自動販売機から、おれたちはジュースとお菓子《かし》を買い捲《まく》った。

フェリ先輩はジュースとチョコスナックだけだったが、おれとレイフォンは夜食気分で買い、売り場にあるテーブルに山と積み上げた。

……積み上げたけど、食べきれる自信がない。

おれの目の前に、あの美少女がいる。それだけでさっきまで減りまくっていた腹が一杯《いっぱい》になっていくのを感じた。緊張《きんちょう》だ。緊張が食欲を失わせている。だけど買ってしまった。いつもの調子で買ってしまった。

「さっき食べたのに、よくそれだけ買いましたね」

フェリ先輩の淡々《たんたん》とした声、その宝石製の弦《げん》をかき鳴らしたような声に、おれは体が震《ふる》える様な気分になった。

「え？　普通《ふつう》じゃないですか？」

それに当たり前のように答えてスナック菓子の袋《ふくろ》を開けているこいつは、やはりどこかが壊《こわ》れているに違《ちが》いない。男の中に当たり前にある異性反応機とか、なんかそんな感じの装置が。

おれはひたすらお菓子を食った。しかし慎重《しんちょう》に咀嚼《そしゃく》する。スナック菓子の無粋《ぶすい》な音で彼女の声を聞き逃《のが》さないためにだ。話しかけるなんてことはしない。できない。彼女の、念威繰者特有だという無表情から繰《く》り出される冷たい目で見られたくないからだ。彼女に軽《けい》蔑《べつ》されたら、それこそ死んでしまいたくなるような気になりそうだったからだ。

レイフォンとフェリ先輩が会話をしている。ぽつぽつと喋《しゃべ》るフェリ先輩にレイフォンが相槌《あいづち》を打つ形だ。おれはフェリ先輩の声に陶酔《とうすい》しながら、いつ『なんでこいつここにいるんだ？』的な目をされないかと心配になった。

だけどされなかった。

フェリ先輩は良い人のようだった。

それがまた嬉《うれ》しかった。

菓子を食べ終えたところでお開きとなり、フェリ先輩とはすぐに道が分かれた。

おれは、一緒に帰るレイフォンに思ったことをぶちまけた。

「おまえ、なんで俺《おれ》とおんなじだけ食って太んないんだよ。この不公平男！」

「ええ！」

くそっ、モテなんて全滅《ぜんめつ》しちまえばいいんだ。

ハッピー・バースデイ

これは夢か現実かと疑問に思う時がある。

目覚めた時にたまにあることだ。印象の強い夢のすぐ後だったり、眠《ねむ》りがあまりに深すぎたり……

あるいは最悪の事態の翌朝であったり。

今日のこれは、どちらかといえば深い眠りの後だったからだろう。自分がどうしてレイフォン・アルセイフであるのか、その理由がよくわからない。しかし、だからといってレイフォン・アルセイフでなければ自分は誰《だれ》なのかがわかっているわけでもない。

それならば、自分はレイフォン・アルセイフなのだ。

「あー……」

ぼんやりとしたままベッドから起き上がり、カーテンを開ける。強い日差しが目に突《つ》き刺《さ》さり、定まらない意識を刺激《しげき》する。

朝だというのにもう暑い。直射日光が飛び込んでくることもあるし、都市そのものが夏季帯に入り込んだからでもある。

しばらく窓からの見慣れた光景を眺《なが》めると、レイフォンはベッドに戻《もど》った。今日は、なんだか体に気合いが入らない。

こういう、揺《ゆ》らぐ瞬間《しゅんかん》はあまり好きではない。自分がレイフォン・アルセイフであることを嫌《いや》が上にも受け入れ直さなければならないからだ。レイフォン・アルセイフの歩んだ人生を簡略にだが思いかえさなければならないからだ。

グレンダンで武芸者として育ち、天剣授受者《てんけんじゅじゅしゃ》となる。そして一つの事件を経《へ》て天剣を返上し、ツェルニへとやってきた。

父母はいない。血の繋《つな》がった存在を知らない。拾われ子であり、孤児院《こじいん》で育った。そのこと自体を不幸だと思ったことはないが、家族というものにいま一つ確信的なものを抱《いだ》けないのはそれが原因だろうとは思う。

そういうことを思いかえさなくてはならないのは、苦痛だ。

「あー……」

だが、レイフォンは茫漠《ぼうばく》とした表情でベッドに転がり天井《てんじょう》を眺める。その顔に現実に対して苦悩《くのう》する様子はない。

現実が思い通りにならないことには、もう慣れてしまっていた。

いつもはわりとすんなりと目覚められるのだが、時々、どうしても体に力が入らない時がある。緊急《きんきゅう》事態ならばそんなことにはならないのだが、こういう、急用のない時によくなる。

体が休息を求めているのだろうと思う。特別弱っているとか、病気の予兆とかそういうことではなく、単純にそうなる以前の予防措置《そち》を体が求めているのだろう。

そして、体が弱っているから心にも影響《えいきょう》が出るのだろう。

「ねむー」

つまり、そういうことだ。

普段《ふだん》から締《し》まりが足りないと言われるその顔がさらに弛緩《しかん》し、閉じた唇《くちびる》をむにゃむにゃとさせる。グレンダンにいた時ならばここでリーリンが部屋に乱入して「起きろ！」と喚《わめ》きながら他の兄弟とともに蹴《け》り起こされたことだろう。

だが、ここは学園都市ツェルニで、そしてさらにいえば男子寮《だんしりょう》だ。しかも二人部屋なのに一人で使っているという贅沢《ぜいたく》な状況《じょうきょう》だ。世話焼きの幼なじみが乱入してくることもない。

眠りを妨《さまた》げる者は誰もいない。

今日は授業もないし、深夜の機関掃除《そうじ》のバイトもない。一日を思う存分怠惰《たいだ》に過ごしたとしても誰にも咎《とが》められない休日なのだ。

咎められない……？

「…………………あっ」

思い出した。

さっきまでのぼんやりはどこへやら、レイフォンは慌《あわ》てて起き上がるとパジャマを脱《ぬ》いでクローゼットから服を引っ張り出した。

†

話は数日前に遡《さかのぼ》る。

「パーティ？」

念威端子《ねんいたんし》からの提案にシャーニッドは首をひねった。

場所は四年校舎の屋上。貯水槽《ちょすいそう》の上だ。寝転《ねころ》がるシャーニッドの上に花弁の形をした念威端子が淡《あわ》い光を陽《ひ》に溶《と》かしながら漂《ただよ》っている。

そこから聞こえる声は、ニーナのものだ。

そのニーナは二年の校舎にいた。こちらは二年校舎の中庭だ。自動販売機《はんばいき》があり、あちこちにベンチもある。隣《となり》にはフェリがいる。フェリの手には重晶錬金鋼《バーライトダイト》が復元状態で握《にぎ》られ、周囲に念威端子が漂っていた。

「そりゃま、おれはパーティ好きだがね」

「……言っておくが、お前のためにやるわけじゃないぞ」

「たまにはやってくれてもいいと思うね。サプライズ的に」

「それならお前に言うか」

「ごもっとも」

「それで、なんのパーティなの？」

いつもの無駄《むだ》会話に割って入ったのはハーレイだ。こちらは錬金科《れんきんか》のいつもの研究室にいる。

「レイフォンとリーリンの誕生祝いだ」

「うわっ、いまどきお誕生日会かよ」

「ん？　わたしはツェルニに来るまでは毎年やっていたぞ？」

新しい声はダルシェナだ。

「わたしもだ」

ニーナも同意すると、シャーニッドの呆《あき》れた声が聞こえてきた。

「やーだね、お嬢様《じょうさま》方は」

「なにがだ？」

「あーまぁいいさ。それでいきなり、なんでそんな話になってんだ？　こんな秘密チックにさ」

「練武館だとレイフォンがいるしな。それに、お前たちは集まりが悪すぎる」

念威端子を睨《にら》む。隣のフェリは知らん顔をし、シャーニッドからは乾《かわ》いた笑い声が短く返ってきただけだ。

本来ならナルキにも声をかけるべきだが、彼女《かのじょ》はレイフォンと同じクラスだ。彼女だけに念威端子を飛ばすのが難しかったため、この会話には参加していない。

「まぁいい」

ニーナは気分を切り替《か》えると、事情を話した。

発端《ほったん》は、先日の寮での会話だ。一階の応接室で特にどうということもない雑談の中でそれは出てきた。

誕生日がない。

レイフォンとリーリンには誕生日がない。孤児であるというだけでなく、父母が不明だからだ。

都市社会に捨て子が存在しないわけではないが、自律型移動都市は閉鎖《へいさ》した社会でもある。隣に誰が住み、どんな状態か……人が流動する学園都市だと意外に忘れてしまうものだが、多くの通常都市では個人の情報はほとんど筒抜《つつぬ》けなのだ。捨ててしまえば、近隣《きんりん》住民が変化に気付き、捨て子の親が判明することは多い。再び親の手に戻るか、あるいは施《し》設《せつ》に預けられるか、それはその時々のことだが、孤児となる子の生年月日等は大まかに把《は》握《あく》することができる。

レイフォンとリーリンにはそれがない。同時期に拾われ、デルクの孤児院《こじいん》へと入ることとなった。いま現在でも二人の両親は判明していない。

「うちは新年一日にまとめて祝ってたから、別に意識とかしたことないんだけどね」

リーリンの笑顔《えがお》には強がったところはなく、本当にそう思っているようだった。

だが、その後の言葉には影《かげ》が付きまとっていた。

「ただ……今年はほら、色々あったからお祝いできてないんだけど」

他の寮生もいたから言葉を濁《にご》したが、それはレイフォンの例の事件のことを言っていた。

レイフォンが起こした事件は、同じ孤児たちから英雄《えいゆう》という名の希望を奪《うば》った。そして彼《かれ》を擁護《ようご》したリーリンも例年のその集まりに参加しなかったらしい。

「あーまぁ、せつないわな。そういうのは」

事情を知っている第十七小隊の面々は言葉を濁した。

「それで、内緒《ないしょ》で誕生会をやろうって？」

ハーレイの問いに、ニーナは頷《うなず》いた。

「リーリンにはもうばれてしまっているが、それは仕方ない。それに動くなら早い方がいい。次の休日にやりたいと思う」

「かまわんが、多少せっかちではないか？」

「気長に計画を練るような類《たぐい》でもないけどな」

「うん、いいんじゃないかな」

それぞれがそれぞれに同意を示す。

「フェリは？」

隣《となり》のフェリだけが沈黙《ちんもく》を保っている。

「いいのではないですか？」

ニーナの隣でベンチに座《すわ》る念威繰者《ねんいそうしゃ》はいつもの冷たい無表情を保っている。だが、そこにどこか小さな怒《いか》りのようなものが混じっているような気がした。

それについていまは問い詰《つ》めることはせず、ニーナは大きく頷く。

「ナルキとその友人たちには後でわたしのほうから話しておく。場所は、うちの寮でやる。男子禁制だが、今回は寮長の許可を得ている。会場の設営や物資の搬入《はんにゅう》、プレゼントの用意等《など》でお前たちにも働いてもらうことになると思う」

「……ああ、その、なんか作戦を開始するみたいな言い方はどうにかなんねぇのか？」

「ならん」

力強く言い切ると、なぜか全員から諦《あきら》めのため息が返ってきた。

フェリたちとの話が終わると、ニーナは放課後を待って都市警察の本署に向かい、ナルキと話を済ませた。彼女も異論はなく、むしろ彼女の友人であるメイシェンやミィフィに積極的に手伝わせると買ってでた。ニーナも二人を知っている。料理の上手なメイシェンもありがたいが、騒《さわ》がし屋のミィフィがいれば場がずいぶんと明るくなることだろう。

練武館での訓練も終わり、ニーナは寮《りょう》への帰途《きと》にいた。

誕生日。

普段《ふだん》、特に気にしたことのない言葉だ。ニーナにとってはいつも祝われる立場であったし、祝うとしても姉弟《きょうだい》たちと、幼なじみであるハーレイだけだ。ただ、彼の場合は姉たちに相談して物を選び、アントーク家の代表としてプレゼントを運ぶだけであったが。

誕生日というのはそういう意味で、自分が特別になれる日であった。家族の全員、友人たち、アントーク家を取り巻く様々な人たちが、ニーナただ一人のために集まってくれる日だ。武芸の修練が本格化してきてからは、少しだけ考え方が違《ちが》ってきた。大人たち、特にアントーク家と繋《つな》がりのある大人たちは、ニーナのために訪《おとず》れるのではなく、アントーク家という一つの血統に対して友好を示すための場であると解釈《かいしゃく》していると理解できたし、それがわかったとたんに冷めた。

だが、それ以前は嬉《うれ》しかったし、父母や姉弟たち、そしてハーレイがニーナの誕生日を祝ってくれているという事実も変わりない。その気持ちが嬉しいことはいまも昔も変わりない。

そういう感覚を、はたしてレイフォンやリーリンは感じていたのだろうか？　いや、自分の尺度に当てはまらないものをすべて否定するのが間違いであることはわかっている。ひとまとめとはいえ、祝ってくれていたのだ。孤児であり、誕生日でさえ正確にわからないレイフォンたちにとってみれば、誕生日というものに、ニーナとはまた違う意義を見出《みいだ》していたかもしれない。

（それはなんだろう？）

蒸し暑い夏季帯の、長い夕暮れ。深い余韻《よいん》のような朱色《しゅいろ》の空を眺《なが》めながら、ニーナは思った。

我《わ》が身の素性《すじよう》を知らぬ者たちは、誕生日というものにどういう思いを描《えが》いているのだろうか？

†

我が身の素性を知らぬ――

そういう意味ではデルク・サイハーデンもその通りだ。

知らぬわけではない。血筋として長く家名を残してはいないということだ。突然変異型《とつぜんへんい》の父の血を引き、武芸者として生まれた。

一般人《いっぱんじん》であった母の胎内《たいない》にいる間に父は戦死した。グレンダンではただ武芸者として生まれただけではたいした補助金は期待できない。乳飲み子を抱《かか》えた母は補助金だけでは暮らしていけず、また一般人が武芸者という生物学的に異なる生命体を生んだことも重なり、体を壊《こわ》し死亡した。

そんなデルクを引き取ったのが、当時のサイハーデン流の当主であった。彼の経営する孤児院で育ち、そして彼の流派の下で武を磨《みが》いた。決して多いとはいえない仲間とともに切磋琢磨《せっさたくま》し、やがてサイハーデンの名を継《つ》ぐ立場となった。

知らぬわけではない。だが、羅列《られつ》できる情報以上のものがないということは結局、知らないということではないだろうか。

現在。

やはり多くはない道場生たちが帰路に就《つ》くのを見所から見送った後、デルクは模擬《もぎ》刀を持って道場の真ん中に立った。修練着の上着を脱《ぬ》ぐと、鋼《はがね》の束をより集めたような肉体が露《あらわ》になる。細い体に余計な肉はない。そこにどこか荒々《あらあら》しさが見えるのは、その肉体が老練さから脱却《だっきゃく》しているためであるし、同時に体のあちこちに存在する真新しい手術痕《あと》のためでもある。

以前にあったガハルド・バレーンの襲撃《しゅうげき》。正確には彼に取り憑《つ》いた汚染獣《おせんじゅう》の襲撃《しゅうげき》によって、デルクの肉体は徹底的《てってい》に破壊《はかい》された。それをデルクは一から鍛《きた》え直したのだ。駆《か》け巡《めぐ》る内力系活剄《かっけい》が筋肉を一から再生し、デルクの肉体は老境を脱することとなった。

奇妙《きみょう》なことに、あるいはそれは正しい道筋なのか、肉体を鍛え直す過程でデルクはサイハーデン流の基本思想を再認識《にんしき》するに至り、そしてレイフォンに対してさらなる深い後悔《こうかい》を刻みつけられることとなった。

その結果が、リーリンに託《たく》した錬金鋼《ダイト》だ。

レイフォンにとっては鋼鉄錬金鋼《アイアンダイト》の刀など、すでに無意味なものであろうことはわかっている。あの形態は彼が十歳《さい》の時に握《にぎ》っていたものであり、鋼鉄錬金鋼では彼の剄力《けいりょく》を十全にどころか、一割も活《い》かせるかどうか怪《あや》しい。

だが、それを渡《わた》すこと自体に意味があるはずだとデルクは信じている。

我が子として接した十数年が、いまだレイフォンの中で生きているのならば……

そこまでで思考を切り、デルクはサイハーデン流の型を一から繰《く》り返していく。道場を覆《おお》う木材は全《すべ》て普通の樹木ではない。都市の防護層である有機プレート部から削《けず》り出されたもので、武芸者の激しい行動にも十分に耐《た》えることができる。振《ふ》り切った模擬刀から放たれる衝撃波《しょうげきは》が空気を激しく振動《しんどう》させ、踏《ふ》みしめた足が床《ゆか》のみならず壁《かべ》までも大きくたわめる。数少ない道場生たちが必死に技を磨《みが》こうとも泰然《たいぜん》と構えていた建物が、いま師範《しはん》であるデルク一人の稽古《けいこ》で爆発《ばくはつ》しそうなほどに震《ふる》えていた。

「……その昔、百四十まで生きた天剣《てんけん》がいた」

型を一通り終えたところでその声が耳に届いた。

声の方角は見所からだった。

老人が一人、見所の中央で座《すわ》っている。片膝《かたひざ》を立て、頬杖《ほおづえ》をつき、面白《おもしろ》そうにこちらを眺《なが》めていた。

顎《あご》から伸《の》びた長いひげが大気の流れに合わせてかすかに揺《ゆ》れていた。

「スピナー・ノイエラン・ゾレッグ様ですな」

突如《とつじょ》として現れた老人に動じず、デルクは模擬刀を置いてその場で正座した。

「そうだ。生涯《しょうがい》現役。脳死するその時まで戦場にいた天剣だ。彼は脳と頸脈《けいみゃく》以外の全てを取り換《か》え、骨を錬金鋼《ダイト》に変えてまで肉体の維持《いじ》に努めた。不思議なことに新しい肉体は取り換えるごとに強さを増していった。いまのお前さんの状況《じょうきょう》は、それに近いのだろうな。どうだ？　二十は若返った気分ではないか？」

「そこまでは……ただ、懐《なつ》かしい心地《ここち》ではありますが」

デルクはそう言うと、老人に深々と頭を下げた。

「お久しぶりでございます。ティグリス様」

「坊主《ぼうず》が爺《じい》になる。わしが年をとるわけだ」

老人、天剣授受者《てんけんじゅじゅしゃ》、ティグリス・ノイエラン・ロンスマイアは歯を見せて笑った。

「院のこと、助かっております」

「政治の怠慢《たいまん》を突《つ》かれた。女王には良い薬となったろう。あれは、強すぎるが故《ゆえ》に弱者のことが理解できん。それはそれで良いのだが……まぁ、その話は良いではないか、お前に頭を下げさせるために来たわけではないしの」

「では……？」

顔を知る仲ではあるが、互《たが》いに行き来をするほどに親しくもない。デルクが戦場にいた時、ティグリスは肉体的な最盛期にあり、彼はその下で汚染獣の群れと戦った経験が幾度《いくど》もある。

巨大《きょだい》な弓を携《たずさ》えて外縁《がいえん》部に立つ様はいまのような飄々《ひょうひょう》とした印象はなく、むしろ豪壮《ごうそう》だった。どんな状況、どんな敵だろうとその姿に変わりはない。放たれる矢は衝勁《しょうけい》で光り輝《かがや》き、的確で、そして莫大《ばくだい》な破壊《はかい》力を秘めていた。いかなる戦場でも変わりのないその姿から、不動の天剣と呼ぶ者もいた。

「ちと聞きたいことがあってな。茶でも飲みながら話そうではないか」

「これは失礼を」

デルクはすぐに上着を着ると、ティグリスを道場の奥《おく》へと案内した。

「それでな、聞きたいことは昔の話だ」

熱い茶を喫《きっ》したティグリスは、体の奥から満足の息を吐《は》き出してそう話を切り出した。

「昔、といいますと？」

「メイファー・シュタット事件。記録ではそう名付けられている。お前さんが現役を退く少し前の話だ」

その名を聞いて、デルクの顔に警戒《けいかい》が浮《う》かんだ。

「なに、いまさらあの小僧《こぞう》の過去を掘《ほ》り出そうとは思わんよ。あれはもう、終わったことだ。当人もおらん。暴《あば》きたてたところで誰《だれ》が得するわけでもない。それに、あの事件自体に小僧の罪はなかろう」

「それは、そうですが」

言い淀《よど》むデルクに、ティグリスは顔を近づけた。好々爺《こうこうや》然と細められた目が開く。息を呑《の》んだ。そこにはかつて見た、戦場の修羅《しゅら》の目があった。

「あの小僧に、わしは興味がない。だが、あの事件は少し調べ直さなければならん。だから、お前さんに話を聞きに来た」

「はっ」

当時に戻《もど》った気分でデルクは反応した。背筋に電撃《でんげき》が走り、全身から汗《あせ》が絞《しぼ》り出される。

「十五……もう十六年前になるか。あの時、あの場でなにがあったか、教えてくれんかな?」

†

メイファー・シュタット事件。

グレンダンの正式記録文書にその名前を見つけることができる。現在からおよそ十六年前に起きた、汚染獣《おせんじゆう》事件だ。汚染獣の規模としてはごくごく平凡《へいぼん》であり、老生体との戦闘《せんとう》回数が異常なグレンダンでは、むしろ軽視されて当然の強さであったのだが、都市内に侵《しん》入《にゆう》を許したということではグレンダン史上、稀有《けう》な事件でもある。

メイファー・シュタットというのは人の名前だ。不運な第一被害者《ひがいしや》の名前である。グレンダン市民ではなく、流れ者であった。

そして、グレンダンに汚染獣を持ちこんだ犯人と言われている。

放浪《ほうろう》バス停留所。さまよう都市に存在する唯一《ゆいいつ》の外部との交流点。放浪バスに運ばれて多くの人と情報が流入し、そして多くの情報が代価として流出していく。

だが、その流れに乗るのは決して情報だけではない。良きものだけではない。

不運や災害《さいがい》もまた、放浪バスとともに訪《おとず》れるのだ。

デルクのもとに召集《しょうしゅう》命令が辿《たど》り着いた時には、すでに状況は確定していた。

デルク・サイハーデン。四十代の後半。規模は小なりといえ、一武門の長としての風格がその身に重く宿り、周囲の者たちに決して軽視させぬ威厳《いげん》が備わっていた。

カーキ色の戦闘衣《せんとうい》を着たデルクは同色の戦闘衣を着た武芸者たちと現場に辿り着いた。全《すべ》ての戦闘衣が同じ形状と色をしていたが、デルクのみ肩《かた》や剣帯《けんたい》の色が浅葱《あさぎ》色に染まっていた。これは集団戦闘をする際、小規模部隊の指揮官となる者に与《あた》えられる色だ。

（汚染物質の流入は確認《かくにん》されず）

念威端子《ねんいたんし》からの報告に黙《もく》して頷《うなず》き、デルクは状況を視認で確かめた。

場所は外縁部に沿って存在する外来者受け入れ区画。高い塀《へい》に囲まれたその空間には放浪バスの停留所、同メンテナンス工場、宿泊施設《しゅくはくしせつ》等がかなり広い間隔《かんかく》を持って建設されている。

デルクの視線は宿泊施設に向けられていた。いくつかある宿泊施設の内ひとつから細い煙《けむり》が幾筋《いくすじ》も立ち上り、窓ガラスからは行き場を求めて蠢《うごめ》く黒煙《こくえん》と、その奥で荒《あ》れ狂《くる》う炎《ほのお》が垣間《かいま》見《み》えた。

「生存者は？」

（状況が確認されてからすでに三十分が経過しています。その間、施設からの脱出者《だっしゅつ》は存在しません）

「あれだけ広いのにか？」

（発生段階ですでに施設全体から汚染獣の反応が検出されています）

念威《ねんい》繰者《そうしゃ》の淡々《たんたん》とした返答に、デルクは顔をしかめた。他の武芸者たちも到着《とうちゃく》し、すでに区画の包囲が完成しようとしていた。

激しい爆発《ばくはつ》音とともに数個の窓ガラスが吹《ふ》き飛んだ。そこから炎が黒煙を纏《まと》いながら渦《うず》を巻くようにして吐き出されていく。

百名は宿泊できる施設から脱出できた者がいない。いや、元々グレンダンは放浪バスがそれほど来ない都市だ。その宿泊施設に百名もいたかどうかは疑わしい。しかしそれにしても、決して無人ではなかったはずだ。

彼ら全ての生存が絶望的だという状況。しかしそれならば、逆に後顧《こうこ》の憂《うれ》いなしと討伐《とうばつ》命令が出てもおかしくはない。

だが、まだデルクたちに命令は下りない。

あまりにも急な状況《じょうきょう》で、都市民たちの避難《ひなん》がいまだに完了《かんりょう》していないのだ。都市民たちを守るため、あるいはこの区画を犠牲《ぎせい》にしてでも区外への汚染獣の侵入を防ぐためにデルクたちはこの場に待機させられているのかもしれない。

(相手は未確認種別の汚染獣です)

念威繰者からの新たな情報に、デルクは顔をしかめた。

あるいは、とは思っていた。通常では考えられない状況だからだ。

「老生体の可能性があるということか?」

通常の汚染獣であるなら、すでに宿泊施設には無数の幼生体がひしめいているか、あるいは雄性体《ゆうせい》が長大な翼《つばさ》で大気を打ち、巨軀《きょく》を宙に舞《ま》わせていることだろう。いや、雄性体であるなら、この区画にのみ居座《いすわ》るという状況になるはずがない。

時として異種異様の変化を遂《と》げる老生体であるなら、現状の奇妙《きみょう》さに理由を与えられるだろう。

老生体であるなら天剣授受者《てんけんじゅじゅしゃ》が出てくる。

だがそれは、この区画にいる者を本当に見捨てることになる。老生体と天剣授受者の戦いは、容赦《ようしゃ》なき破壊《はかい》の余波を周囲にまき散らすのだ。

だが、このままでもやはりここにいる一般人《いっぱんじん》を見捨てることになる。

どっちつかずの状況だった。

(それもまた、判明していません)

「デルボネ様はなにをしておられたのだ……?」

曖昧《あいまい》なもの言いにデルクはそう零《こぼ》した。グレンダンを守る最高の目であるデルボネの念威を潜《くぐ》り、グレンダンの大地に汚染獣の足跡《そくせき》を付けさせる。こんな事態は、デルクにとって初めてのことだ。

困惑《こんわく》はデルクだけではなく、他の武芸者たちも同様だった。

出撃《しゅつげき》を告げる言葉は届けられない。デルクたちは、まんじりと区画を隔《へだ》てる塀の上から燃える宿泊施設を眺《なが》め続けるしかなかった。漂《ただよ》う煙には無機物以外のものが燃える嫌《いや》な臭《にお》いが混じり始める。戦闘状態にある武芸者の五感は、なにが燃えているのかを肉体の所有者に嫌でもわからせる。顔をしかめ、ヘルメットを被《かぶ》る者たちもいた。

デルクは黙して状況を確認し続けた。念威繰者たちの状況把握《はあく》の遅《おそ》さへの苛立《いらだ》ちが、少しでも自力で情報を収集しようと意識を集中させた。

炎の熱が周囲を圧し、天へ昇《のぼ》る黒煙は刻一刻と太さを増していく。

黒煙の根の一つ。割れた窓を眺めていると、かすかに、それが耳に届いた。

「念威繰者！」

（なにか？）

デルクが呼びかけると、念威端子から淡々とした声が響《ひび》く。大量の情報を処理するために不必要な感情が排除《はいじょ》されたその声は、決して好感の抱《いだ》けるものではない。

「確認する。生存者は本当にいないんだな？」

（再確認。…………はい、いません）

「では、この声はなんだ？」

デルクの耳はそのかすかな声を拾い上げていた。いまはさらに集中しているためにはっきりと捉《とら》えている。

それは、赤ん坊《ぼう》の泣き声だ。

孤児院《こじいん》で聞きなれた、保護者を求める哀切《あいせつ》な呼び声だ。

（生存者は確認できません。声もこちらからは確認できません。あるいは汚染獣《おせんじゅう》の特異能力である可能性が……）

「ちっ……」

最後まで聞かず、デルクは手振《てぶ》りで自分の部下たちに待機を指示すると一人宿泊施設に向けて飛び出した。己《おのれ》の独断専行に部下を巻き添《ぞ》えにするわけにはいかない。

念威繰者が探知できない音声。デルクは脳裏《のうり》で湧《わ》きあがる罠《わな》の可能性を否定できなかった。だが、足は止まらない。赤子の悲痛な呼び声には、それだけの力が秘められていた。いや、そう感じるのはデルクの境遇《きょうぐう》に理由があるからだろう。

制止の声が先回りする念威端子から発せられる。それらを振りきり、炎の巣食うエントランスを衝剄《しょうけい》で割り裂《さ》いて、デルクは内部に突入《とつにゅう》した。

炎によって周囲の酸素が欠乏《けつぼう》している。化学変化によって吹きだした毒素が喉《のど》を焼く。呼吸の不全は剄の乱れを呼ぶ。ヘルメットを被るべきだが、デルクは赤子の泣き声を聞き逃《のが》すまいと、そうはしなかった。

轟々《ごうごう》と唸《うな》る燃焼の音の中で、赤子の声はいまだに響き続けている。

「どこだ？」

聴覚《ちょうかく》に意識を集中していると、思わぬ音を聞いた。

小さな、炭化したなにかを踏《ふ》む音。

元は紙かなにかだったのだろう。音の渦巻《うずま》く中で、集中していたデルクでなければ聞き逃していた。

背後で、その音はした。

「っ！」

錬金鋼《ダイト》の復元。手の中で光と質量が膨張《ぼうちょう》し、形を成す。光が晴れる間もなく、デルクは振り返りざまに錬金鋼《ダイト》を振り上げた。

鋼鉄錬金鋼《アイアンダイト》の刀身が炎《ほのお》を受けて鈍《にぶ》く輝《かがや》く。重い衝撃《しょうげき》が腕《うで》を襲《おそ》う。衝突《しょうとつ》の余波で吹《ふ》き流される黒煙《こくえん》を纏《まと》って、それはデルクを見下ろしていた。

それは人の形をしていたが、とても人とは思えない。

身長は三メルトルを越《こ》えていた。デルクの二倍はあるだろう。太い腕の先にある黒く不気味な剣がいま現在も鋼鉄錬金鋼《アイアンダイト》をすさまじい圧力で押《お》している。全身は黒い鎧《よろい》のようなもので覆《おお》われていた。だが、戦闘衣《せんとうい》とはとても思えない。関節にある隙間《すきま》からはむき出しになった筋繊維《きんせんい》が脈動している。幼生体の甲殻《こうかく》に似ていた。手にある剣も、とても人の手になる物とは思えなかった。まるで獣《けもの》の角や牙《きば》をそのまま使っているかのようで、機能性や合理性が無視され、原始的な威圧《いあつ》感に満ちていた。

その顔。生物的な甲殻に覆われた肉体の中で、唯一《ゆいいつ》、人の手が入っているようだった。それは仮面だった。血管のようなものが走り、それとは別にひび割れてもいた。口の部分が大きくひび割れ、それによって閉開する。まるで切り傷のような口が開き、肉の引きちぎれる音がする。仮面の破片《はへん》がぼろぼろと剝《は》げ落ちる。口の中からは粘性《ねんせい》の強い液体が上下を繋《つな》ぎ、隙間だらけの牙が覗《のぞ》いた。

「……汚染獣か？」

両腕にかかる圧力に耐《た》えながら、デルクは呻《うめ》いた。

まるで見たことのない形だ。ならば老生体か？　しかし老生体ならば、この瞬間《しゅんかん》にデルクが死んでいたとしてもおかしくはない。人間サイズに縮小したことによって筋力が落ちているのだとしても、やはり、結論は変わらないはずだ。

老生体の一撃を受けるということは、武芸者にとって死亡と同義なのだから。

「ぐうっ！」

活剄《かっけい》の密度を上昇《じょうしょう》。声を絞《しぼ》り出し、黒い剣を押し返すと後ろにはね跳《と》ぶ。その間に左手に衝剄《しょうけい》を握《にぎ》り込《こ》み、放つ。

外力系衝剄の変化、九乃《くない》。

四条に凝縮《ぎょうしゅく》された衝剄は正確に甲殻の隙間を襲う。だが、化け物はわずかに身じろぎをしただけで、爆発《ばくはつ》の煙《けむり》を押しのけるようにデルクに迫《せま》ってくる。

基礎《きそ》もなにもなっていない。そこそこ運動のできる人間が棒を振りまわしている様そのままに、化け物は剣を上段から叩《たた》きつけてくる。だが、その肉体に宿る筋力はデルクという武芸者と同等……いや、潜在的《せんざい》にさらに上にいるはずだ。

後退のために跳躍《ちょうやく》したデルクの足が地面に着いた時には、すでに化け物は目の前にいた。

落とすようなその一撃をすんでで避《よ》け、背後に回り込む。その際に脇腹《わきばら》に刀を走らせる。衝到の熱が甲殻に赤い線を引いた。

回り込みに成功する。八双《はっそう》に構え直した刀を振りおろそうとした時、いきなりその背中が爆発した。

「ぬうっ！」

……ように見えた。盛り上がる筋肉を模した甲殻の一枚一枚が開き、そこから虫の脚《あし》のようなものが飛び出して来たのだ。先にあるのはかぎ爪《づめ》を長くしたような二枚組の刃物《はもの》。それがデルクを捕《と》らえようと伸《の》びてくる。

振り下ろすつもりだった刀の軌道《きどう》を変更《へんこう》させ、それらを打ち払《はら》う。全部で八本。両腕ほどの力はないが、代わりに速い。

肩《かた》に痛み。戦闘衣の肩部分にかぎ爪が一つ引っ掛《か》かる。距離《きょり》をとる。皮が抉《えぐ》れ線を引き、左袖《そで》が引きちぎれた。

化け物の振り返りざまの一撃が追いかけてくる。肩の痛みに視線が動いたデルクはそれを避けることができない。

どこか茫然《ぼうぜん》としたデルクの頭部は、黒く無骨な、鋭利《えいり》さの欠片《かけら》のない剣によって叩《たた》き潰《つぶ》された。

黒い剣身がデルクの肉体を引き裂き、床《ゆか》を砕《くだ》く。そのあまりの手応《てごた》えのなさに化け物が体勢を崩《くず》してつんのめった。

内力系活剄《かっけい》の変化、疾影《しっえい》。

気配を消す殺剄を応用した技《わざ》だ。強力な気配を発散後、即座《そくざ》に殺剄を行い、相手の知覚に気配による残像現象を起こさせる。

デルクの本体は体勢を崩した化け物の懐《ふところ》にいた。足をたわめ、右手を柄頭《つかがしら》に当てる。右手と左手から放たれた剄が別個の流れを生み、二重螺《ら》旋《せん》が鋼鉄錬金鋼《アイアンダイト》を芯《しん》に形作られ、切っ先に収束される。

サイハーデン刀争術《とうそうじゅつ》、逆螺子《さかねじ》。

放たれた突《つ》きは化け物の自重も加わり、甲殻の隙を縫《ぬ》って貫《つらぬ》く。内部で解き放たれた二重螺旋の衝剄《しょうけい》が回転の輪を広げ、破壊《はかい》の牙を思うさまに振り回す。

化け物の背中が大きく膨《ふく》らみ、八本のかぎ爪が電撃《でんげき》を浴びたようにいっぱいに広がった。咆哮《ほうこう》がデルクの背中を痺《しび》れさせる。体重がさらにのしかかる前に、刀を抜《ぬ》いて脱出《だっしゅつ》する。呼吸が荒《あら》い。周囲の炎《ほのお》によって乱れた剄息で大技を行った反動がデルクの全身に重くのしかかっていた。

化け物は背中のかぎ爪をしばらく暴れさせた後、動きを止めた。

「死んだか……？」

デルクの独白に答える者はいない。これだけの剄を発したのだ。戦闘と理解し、外に待機した武芸者なり、偵察《ていさつ》のための念威端子《ねんいたんし》がここに来ていたとしてもおかしくない。

だが、そうなる様子はない。

「なにをしているんだ」

手応えのない待機に苛立《いらだ》ちを吐《は》き捨て、再び耳をすませる。

赤子の泣き声はまだ続いている。それに安堵《あんど》し、デルクは走りだした。

†

準備は順調に進んでいた。

会場は女子寮《じょしりょう》の広間だ。応接室や食堂、さらに二階の寮生の部屋へと通じるこの広い空間は、もともとパーティをするためにある場所だ。建設以来もしかしたら初めてかもしれない本来の用途《ようと》に使用されるため、飾《かざ》り付けが進んでいる。

外はもうだいぶ暗い。訓練後に集まって明日のための準備を行っている。

「やっぱり、わたしも手伝わせて」

テーブルが並び、白いシーツが用意される。箱詰《はこづ》めされて置かれたパーティグッズはシヤーニッドが安く手に入れてきたものだ。

リーリンの声は天井《てんじょう》にいるニーナに向けられていた。

「なにを言う」

体重を殺してシャンデリアに乗ったニーナは雑巾《ぞうきん》で埃《ほこり》を拭《ぬぐ》いとっていた。

長年の内に堆積《たいせき》した埃はすぐに雑巾を黒く汚《よご》す。ニーナはシャンデリアから床《ゆか》におり、それをバケツに浸《ひた》して搾《しぼ》った。

「お前とレイフォンのためのパーティだぞ？　主役に準備をさせるパーティがどこにある？」

「でも、こんな立派なのしなくっても……」

リーリンは周りで用意がなされている広間を見て、不安そうな顔をした。

「パーティとはこういうものだろう？」

「違《ちが》うわよ。いえ……ニーナにとってはこうなのかもしれないけど、うちはこんな立派なのはしないわ」

「そうなのか？」

顔に跳《は》ねた水を袖《そで》で拭うと、ニーナは目を丸くしてリーリンを見た。

笑い声がした。

見れば、倉庫から新しいテーブルを肩《かた》に担《かつ》いでやってきたシャーニッドだった。

「そいつはニーナにはわかんねぇかもな」

「どういう意味だ？」

「武芸者一家のパーティと一般庶民《いっぱんしょみん》のお誕生会は一緒《いっしょ》じゃないってことさ」

「むむ？」

理解ができず、首をひねる。

「てか、わざわざ寮でやらなくてもどっかの店借りちゃえばよかったんじゃね？　前にやった祝勝会みたいによ」

そっちの方が色々楽だと付け加えるシャーニッドに、ニーナは首を振《ふ》った。

「高い。まさか参加者に会費を出させるわけにもいかないだろう」

「いや、別にいいだろ？」

それからシャーニッドと金のことで言い合いになる。

「……見苦しい」

それに終止符《しゅうしふ》を打ったのは冷静で容赦《ようしゃ》のない一言だ。

エントランスに買い物袋《ぶくろ》を抱《かか》えたフェリが立っていた。

険悪に細められた瞳《ひとみ》で広間を睥睨《へいげい》する。それだけでニーナはむっと唸《うな》り、シャーニッドは頭をかいて目をそらした。

フェリの背後には同じく買い出し部隊だったダルシェナとメイシェンがいる。金と銀のような対照的な二人に挟《はさ》まれて、メイシェンはひどく困った顔をしている。

「まっ、まじめにやるか」

「その通りだ」

シャーニッドと頷《うなず》き合い、それぞれ自分の作業に戻《もど》る。

雑巾を拾ったところで、状況《じようきよう》においてけぼりにされて立ち尽《つ》くすリーリンと目があった。

「……ところで、リーリンの言う誕生日会というのはどういうものなんだ？」

「え？　そうね。部屋を折り紙なんかで飾りつけて後は大きなケーキを焼いて、料理を作って、それでみんなで食べるんだけど……」

「なんだ、それならそんなに変わらないじゃないか」

あいにくと折り紙の飾り付けはないが。

「あの、だからね、こんなに仰々《ぎようぎよう》しくないっていうか」

そこまで言って、リーリンは広間を見渡《みわた》し、そして深いため息を吐《つ》いた。

「リーリン？」

「ううん。やっぱりいいや」

「なにか……気に入らないことがあるんなら」

「あっ、そういうのじゃないから。うん、ほんとに」

そう言って笑うと、リーリンは食堂へと向かい始めた。

「リーリン」

「お夜食作るね。それぐらいは手伝ってもいいでしょ？」

「あ、ああ。ありがとう」

リーリンの反応に首を傾《かし》げつつも、ニーナはシャンデリアに再び登った。

そうしているとエントランスから今度はハーレイとナルキとミィフィがやってきた。

「いやぁ、びっくり。本当にあるもんなんだね」

出迎《でむか》えたメイシェンにミィフィは大げさな身振りで告げている。背後のナルキが大きなものを抱えていた。

カラオケの機材だ。

ハーレイたちはこれを探しに廃材《はいざい》置き場に向かっていたのだ。

「あそこは宝物の山だよ」

ハーレイは少し誇《ほこ》らしげに笑っていた。

「損傷もそんなにないしデータも生きてた。これならすぐに直るよ。ついでに曲調とかリズムに合わせて照明効果を変える機能とかも付けようかな」

「わ、わ、すごい！　ぜひお願いします」

ミィフィが手を叩《たた》いて喜ぶ。得意分野で喜ばれ、ハーレイもまんざらでもない顔だ。

（暴走して変な機能付けそうだな）

むしろ、そちらを心配しながらニーナはシャンデリアの掃除《そうじ》を続けた。

†

どこかでまた窓が割れた。流入してきた酸素を求めて炎《ほのお》が雪崩《なだれ》を打つ。衝勁《しょうけい》で炎の奔《ほん》流《りゅう》を破り、デルクは声を求めて宿泊施設《しゅくはくしせつ》を駆《か》け上がった。

声がかなり近くなった。壁《かべ》には地図があり、細長い廊下《ろうか》には扉《とびら》が左右にならんでいる。

床のマットは熱で溶《と》け、天井では煙《けむり》が川を作っている。

身を低くして声のもとへと向かう。溶けたマットが靴底《くつぞこ》に絡《から》み付く中、デルクは声から当てを付けてその部屋のドアを開けた。自動でかかる鍵《かぎ》だが、災害時の緊急《きんきゅう》解除機能で簡単に開いた。もし壊《こわ》れていたとしても、武芸者の筋力でならば引きちぎることは可能だ。

開ける。一瞬《いっしゅん》で部屋の状況《じょうきょう》を確かめる。窓は割れていない。空気も熱と隙間《すきま》から入り込んだわずかな煙以外では異常はない。

すぐにドアを閉めた。熱といっても耐《た》えられないほどのものではない。ドアのすぐ前には濡《ぬ》れたベッドのシーツがあった。シーツは赤く染まっていた。これを置くことで煙の流入を防いでいたのか。

声は確かにこの部屋からしている。

デルクのいる位置からでは、ベッドは一部しか見えない。

そこに足があった。

女性の足だ。旅用のブーツが血で汚《よご》れている。火災《かさい》の最中、微動《びどう》だにせぬその足はただそれだけで沈痛《ちんつう》な空気を醸《かも》し出していた。

ベッドに近づく。壁に隠《かく》れていた全容が曝《さら》け出される。

まだ若い。二十歳《はたち》をややすぎているかどうかほどの女性だった。うつぶせでベッドに倒《たお》れた女性は長い亜麻色《あまいろ》の髪《かみ》を熱で焦《こ》がし、抜《ぬ》けるような白い頬《ほお》に固まった血を張り付けていた。

開いたままだった瞳を押《お》し下げる。それだけで安堵《あんど》の寝顔《ねがお》に変じた。

顔が向けられたそこに、赤子がいた。

二人だ。

最初は双子《ふたご》かと思った。だが、赤子を巻くおくるみの質があまりに違《ちが》う。一つは上等な布が使われていた。戦闘衣《せんとうい》の手袋越《てぶくろご》しでも上品な手触《てざわ》りがわかるほどだった。

もう一つは古着を再利用したようなゴワゴワとした手触りだった。女性は美しかったが、着ている服は旅に疲《つか》れたように褪《あ》せていた。こちらの子が、女性の子供だろう。

ではもう一人は？　この部屋に逃《に》げる途中《とちゅう》で同じような境遇《きょうぐう》の赤子を見つけたのか？

詮索《せんさく》は女性の顔を見ている内に霧散《むさん》した。どうでもよいことのように思った。女性の腹には深い刺《さ》し傷があった。背中まで突《つ》き抜けたものだ。先ほどの汚染獣《おせんじゅう》に腹を裂《さ》かれたのだろう。こんな状態でここに辿《たど》り着き、そして少しでもこの部屋に火災の猛威《もうい》が届かないようにシーツを濡らした女性の母性と執念《しゅうねん》、そしていまの安堵の表情。

この二つの命が自分に託《たく》されたのだという、ただそれだけの事実があればそれでいい。

泣き続ける赤子二人を片手で抱《だ》く。甲高《かんだか》い声は命の証《あかし》だった。

廊下から気配が迫《せま》っていた。

爆発《ばくはつ》と同時にそれが現れた。

ドアが吹《ふ》き飛び、煙と熱が押し寄せてくる。それらを引き連れて、あの汚染獣が現れた。

逆螺子《さかねじ》によって抉《えぐ》られた腹部は再生していた。甲殻《こうかく》は剝《は》がれかけていたが、その下で筋肉がもがくように捩《ね》じれていた。

デルクは空いた手で裏拳《うらけん》の形で衝剄《しょうけい》を放った。窓ガラスごと壁が破砕《はさい》する。

破片《はへん》に混じって外に飛び出した。

汚染獣が追ってくる。

きな臭《くさ》い空気を胸一杯《いっぱい》に吸い込み、赤子に支障がない程度の速度で走る。汚染獣の方が速いが、デルクは背後を見ずに走り続けた。

建物の外に出たのだ。

汚染獣の姿は、塀《へい》の上で待機している全《すべ》ての武芸者の目に触《ふ》れていた。

デルクに追いすがる汚染獣が爆発に包まれた。塀に待機していた十数人の武芸者による衝到の集中砲火《ほうか》が襲《おそ》ったのだ。汚染獣が足を止めたその隙に一気に塀を越《こ》える。待機していた未成年武芸者による救急隊に赤子を預けると、デルクは再び戦場に戻《もど》った。

爆音が地面を揺《ゆ》らした。

「なんだ？」

火柱が上がっていた。まるで水道管が破裂《はれつ》したかのように炎が溢《あふ》れ、宿泊施設のあった場所を真紅《しんく》に染めていた。

噴水《ふんすい》であれば飛沫《しぶき》が落ちてくる。炎であれば火の粉が落ちてくる。だが、爆砕《ばくさい》した建材とともに落ちてきたのは、火の粉だけではなかった。

「どこにいた？」

デルクは唖然《あぜん》とその光景を見た。

幼生体だ。

落下して砕《くだ》け散る建材に紛《まぎ》れるように幼生体がそこかしこから現れた。ややこぶりなそれらは瞬《また》く間に地面の一部を彼らの色に染め、移動する絨毯《じゆうたん》のように一斉《いっせい》に塀を目がけて進攻《しんこう》を開始した。

「集結！」

銀の剣帯《けんたい》をした指揮官が戦声を放つ。同時にそれらは念威端子《ねんいたんし》によっても伝えられ、即座《そくざ》に全員が幼生体の進行方向、区画の門前に集結した。

デルクもそれに従う。自分の部下たちを集めながらあの人型の汚染獣を探した。いた。幼生体たちの後方、一匹《ぴき》の背中に乗ってこちらへと向かって来ている。

「衝剄三射！　撃《う》てぇ！」

指揮官の声とともに衝剄が一斉に放たれる。生み出された衝撃《しょうげき》の大波は幼生体たちの群れの先頭に食らいついた。波同士のぶつかり合い。幼生体が弾《はじ》き飛ばされる。砕《くだ》け散るもの、吹き飛ぶだけのもの、足を止めたものは背後から仲間に踏《ふ》みつけられ、乗り越えられていく。

「突貫《とつかん》！」

衝撃の波濤《はとう》は三度続く。連続した爆発と、それによって生まれた死骸《しがい》のために幼生体たちの足並みが乱れる。

突撃命令は、その乱れに決定打を叩《たた》きつけるために発された。デルクも部下を引き連れて切り込む。鋼鉄錬金鋼《アイアンダイト》の刀は幼生体の硬《かた》い外皮を切り裂く。いつもよりやすやすと刃《は》が通る。普段《ふだん》よりもややこぶりな外見の通りに、未成熟なのだ。間近で見る幼生体の体は炎《ほのお》の中から吐《は》き出されたというのに、粘液《ねんえき》状のもので濡《ぬ》れ光り、甲殻の隙間《すきま》に泡立《あわだ》って白く汚《よご》れた糸を引いていた。

まるでこの場のために急造されたかのような幼生体群を切りぬけ、デルクは突《つ》き進む。

その目は人型の汚染獣に注がれていた。

ベッドで眠《ねむ》る女性の姿が脳裏《のうり》に焼き付いている。赤子の泣き声がずっと頭の中で響《ひび》いていた。女性の真紅に飲まれた腹の傷が忘れられない。

あれが殺したのだ。あの女性を。

母を奪《うば》い、哀《あわ》れな孤児《こじ》を生み出したのだ、あの汚染獣は。

(許すわけにはいかぬ)

デルクの頭にはそれしかなかった。

幼生体の上で鎮座《ちんざ》する人型に向けて突き進む。背後の部下たちは途中《とちゅう》から幼生体の波に押されて足を止めていた。その場での掃討《そうとう》を命じ、デルクは一人になっても突き進む。切り捨て、幼生体の死骸を足場に跳躍《ちょうやく》し、衝剄の雨を降らす。

連続する爆発《ばくはつ》の中、デルクは人型の前に立った。

人型を乗せた幼生体は一際《ひときわ》大きく、外皮もしっかりと乾燥《かんそう》していた。普段見る幼生体よりもむしろ大きいくらいだ。もしかしたら、これがこの幼生体たちの〝素〟であるのかもしれない。頭の隅《すみ》でそう考えたが、どうでもよいことでもあった。

デルクを乗せても進行を止めない幼生体の上で、人型が黒い歪《いびつ》な剣を真横に構えた。

無言。

薙《な》ぎ払《はら》うように振《ふ》るわれた剣を跳《と》んでかわし、頭部に一撃を加える。

しかしそれは、背中から伸《の》びた例のかぎ爪《づめ》によって防がれた。

力任せの剣と、小回りが利《き》き、素早《すばや》い四対《つい》のかぎ爪。連携《れんけい》された攻撃《こうげき》をデルクは刀で弾き、すんででかわす。ひび割れた仮面の奥《おく》から覗《のぞ》く目に感情はなかった。いや、そこから見える眼球は筋繊維《きんせんい》にしっかりと固定された、表皮のないものだった。まぶたもない。人間的な感情を察するための動きがなにもない。

汚染獣なのだから、それは当たり前なのだが。デルクはその感情のあらわせない目に呑まれまいと、より苛烈《かれつ》に鋼鉄錬金鋼《アイアンダイト》を振るった。

隙を一つ見つける度《たび》に、かぎ爪を一つ切り捨てる。

腹に大穴をあけただけでは仕留められなかったことが、デルクに苛烈さの中に慎重《しんちょう》さを含《ふく》ませた。確実に相手の動きを断ち、心臓、あるいは頭を砕く。一度頭を狙《ねら》ったが、関節の必要ない頭部は他の部位よりも硬度《こうど》が違《ちが》った。勁《けい》は散らされ、刃はかすり傷を加えるのみで跳《は》ね返されてしまった。

より確実な一撃を加えられるまで、人型の動きを鈍《にぶ》らせなくてはならない。

左側のかぎ爪を全《すべ》て切り落としたデルクは、そちら側に重点的に回りこんだ。武器のない左腕《ひだりうで》のみが残された人型はそれを嫌《きら》って追い払おうとする。

黒剣の重い斬風《ざんぷう》が吹《ふ》き荒《あ》れ、それを受け流す鋼鉄錬金鋼《アイアンダイト》との衝突《しょうとつ》が青い火花を生む。

足の止まったデルクに人型は猛然《もうぜん》と黒剣を振りまわす。デルクはその場で足を固め、ひたすら受け流す。勁の残光が幾筋《いくすじ》も周囲に線を引く。

この戦闘《せんとう》に観客はいない。周囲にいる武芸者たちは自らの戦いに集中している。

が、もしかしたらいるかもしれない。

この場にいない天剣授受者《てんけんじゅじゅしゃ》たち。幼生体ごときでは出張ることすらないグレンダンの誇《ほこ》る超越者《ちょうえつしゃ》たち。

彼らが、暇《ひま》にあかせて戦闘を見物しているかもしれない。

もしそうであるなら、いままで人型の攻撃をなるべく避《さ》ける方向で動いていたデルクがその真逆の行動を取っている意図を正確に理解していただろう。

兆《きざ》しが見えた。

その瞬間《しゅんかん》、デルクは決定打を放つために鋼鉄錬金鋼《アイアンダイト》に、より強く剄を流し込む。

外力系衝剄《しょうけい》の変化、触壊《しょくかい》。

武器破壊《はかい》の剄技。少しずつ、鋼鉄錬金鋼《アイアンダイト》と黒剣が触《ふ》れ合うわずかな瞬間に少量ずつ流し込まれ、少しずつ硬度を失っていたものが、この瞬間に連鎖《れんさ》的に反応しガラスのように砕け散った。

「かぁっ！」

内力系活剄《かっけい》の変化、戦声。

発された大声が大気を大きく振動《しんどう》させ、破片を人型に降り注がせる。甲殻《こうかく》に包まれた人型には痛打とならないが、武器を失ったことで体勢を崩《くず》したところに破片の雨を受け、視界を塞《ふさ》がれた。

デルクが跳《と》ぶ。

人型の頭上を飛び越《こ》えて背後に回ると、残っていたかぎ爪を一気に切り捨てる。人型から悲鳴にも似た咆哮《ほうこう》が轟《とどろ》いた。体勢をさらに崩《くず》したものの、転げはしない。

だが、相手が振り返った時にはデルクの準備は済んでいた。

鋼鉄錬金鋼《アイアンダイト》の刀を左の腰《こし》に添《そ》えるように、左の手は刀身の根元を握《にぎ》りこんでいた。

抜《ぬ》き打ちの型。

右手と左手、別々に収束させた剄《けい》が刀身に凝縮《ぎょうしゅく》していく。

サイハーデン刀争術、焔切《ほむらぎ》り。

瞬間、刀身に炎《ほのお》が生まれた。化錬剄による炎ではない。右手と左手で別々に生まれた衝剄が衝突《しょうとつ》の火花を起こし、刀身に纏《まと》われた剄を赤く染めたのだ。溜《た》めこまれた圧力から解放された刃は爆発《ばくはつ》的な風を起こしながら人型の胴《どう》を斜《なな》めに切りあげる。

斬線《ざんせん》が甲殻に刻みこまれる。全身にひびが走り、衝撃で動きが止まる。

デルクの足が、一歩踏《ふ》み出される。

サイハーデン刀争術、焔重《ほむらがさ》ね。

振りあげた刀が炎を巻きながら軌《き》道《どう》を変更《へんこう》する。上から下へ。切りあげた斬線をそのまなぞって刀が振り下ろされる。

甲殻が粉砕《ふんさい》し、刃がその下の肉に深く食い込み、駆《か》け抜けていく。濃《こ》い体液が全身の外皮の隙間《すきま》から噴《ふ》き出した。

心臓は潰《つぶ》した。

次は――――

倒《たお》れる人型を見守ることなく、デルクは次の動作に入る。振り下ろした刀を振り上げ、倒れる人型の胸に足を押《お》し付ける。勁の乗ったその一踏みは肉の裂《さ》け目から内臓に深く食い込み、突きぬけた衝撃は足場となった幼生体の足を折る。

勢いのあるままに足を折られた幼生体は地面を滑《すべ》り、上にいるデルクたちを揺《ゆ》らした。だが、微《び》動《どう》だにしない。刃を上に振りあげられた刀。切っ先は人型の頭部に焦点《しょうてん》が注がれていた。

まさに解き放つ、その時……

倒れた人型が吠《ほ》えた。胴体が斜めに切り分けられているというのにその両腕が動き、デルクを羽《は》交《が》い絞《じ》めにせんとする。

デルクの目はそれを確認《かくにん》していた。しかし、動じることはない。人型の頭部に、地面に向けて迷いなき突きが放たれた。

サイハーデン刀争術、波紋《はもん》抜《ぬ》き。

放たれた突きは人型の奇《き》怪《かい》な口の中に滑り込む。刀身に触《ふ》れた牙《きば》が瞬《また》く間に崩《くず》れ去り、冷たい鋼《はがね》が強引に口内に押し込まれる。

浸透破《しんとうは》壊《かい》。鋼鉄錬金鋼に注《そそ》ぎこまれた衝勁は刀身越しに汚染獣《おせんじゅう》の細胞《さいぼう》内に浸透し、遅効《ちこう》爆発を起こし破壊の嵐《あらし》を振《ふ》りまいた。

デルクの背で、交差した腕が力なく開かれ、幼生体の背を打った。

頭部の甲殻は破壊されなかった。しかしひび割れていた仮面は破砕《はさい》し、体液と内容物を溢《あふ》れさせる。唯一《ゆいいつ》外皮を破った切っ先は足下《あしもと》の幼生体にまで深く食い込む。浸透破壊の影響下《えいきょうか》となった幼生体は、やはり全身から体液を吹《ふ》き出して動かなくなった。

「仇《かたき》は、討《う》ったぞ」

容赦《ようしゃ》なき破壊に晒《さら》されたその亡骸《なきがら》を見下ろし、デルクは呟《つぶや》いた。安堵《あんど》の表情で眠《ねむ》る女性と、赤子の泣き声がデルクの中で交錯《こうさく》した。

†

急いで待ち合わせ場所に行くと、リーリンはすでにいた。

「遅《おそ》いっ！」

「うっ、ごめん」

待ち合わせた場所は路面電車の停留所だ。すぐ近くには建築科生徒の卒業制作である噴《ふん》水《すい》がある。魚の下半身を持つ獅子《しし》という、現実には存在しない不可思議な生き物が水を吐《は》くその噴水は、待ち合わせ場所としてよく使われているようで、縁《ふち》に腰《こし》かけている人たちが何人もいた。

噴水の幻想《げんそう》動物の周りには波を模《も》した彫刻《ちょうこく》があり、その波に呑まれるような形で時計が埋《う》め込《こ》まれている。

約束の時間……には間に合っている。ぎりぎりだけれど。間に合っているけれど、リーリンは怒《おこ》っている。

昼食を取るにはまだ少しだけ余裕《よゆう》がある。でも、昼食を取るために店に入ってもそれほどおかしくもない、そんな時間を示した時計を見、そして怒るリーリンを見、怒られている自分に不条理を感じる。

「なんで、寝癖《ねぐせ》が取れてないかな」

「あっ……」

リーリンの視線で、レイフォンは頭に手をやった。ぎりぎりまでぼんやりしていたから髪型《かみがた》のことまで頭が回らなかったのだ。

「もう……」

ため息を吐《つ》くと、リーリンは肩《かた》に下げたバッグからブラシを取り出し、レイフォンの髪を手早く梳《す》いた。

「服は……まぁそれでいいか」

髪に続いてレイフォンの全身を確かめる。

なんだろう、今日はなぜかチェックが厳しい。

「ねぇ、今日ってなにかあるの？」

「なんにもないわよ。面白《おもしろ》そうな映画があっただけ」

そう。前日、レイフォンはリーリンに映画に誘《さそ》われた。都市間では割と有名な俳優。デイ・マッケンの壮年期《そうねんき》の映画データがツェルニに流れて来、現在、この近くにある映画館で上映されているのだ。デイ・マッケン本人はすでに死去しているという噂《うわさ》だし、たとえ生きていたとしてもかなりの老人であるはずだが、少年時代から役者として映画世界にいる彼の演技は、少年期から老年期のどれを見ても素晴《すば》らしいと都市を問わず評判であるらしい。

実際、レイフォンもグレンダンにいた頃《ころ》に名前を聞いたことがあるし、このツェルニでもその名前は不動の人気を誇《ほこ》っているようだ。

デイ・マッケンの出演作は百を越《こ》え、彼の作品を全《すべ》て見た者は生まれ故郷の都市の者を除くと存在しないかもしれない。いま上映されているものも、ツェルニでは初上映という話だ。

リーリンが彼のファンだとは知らなかった。そんなに楽しみにしていたのだろうか。

「まぁいいわ。先にお昼ご飯にして、それから映画にしましょ」

小さくなったレイフォンはそう言われ、リーリンの後を追いかけた。


「無事に合流したようです」

そう告げると、その場にいた全員が無言で頷《うなず》いた。

いや、頷いたのは一人か。

「よし、ごくろうさん。んで、あいつはなにを選ぶのかな？」

そう尋《たず》ねたのはどこまでも楽しそうにしている軽薄男《けいはく》……シャーニッドだ。

場所はレイフォンたちのいた噴水からそれほど離《はな》れてはいない。

離れていない……が、建物の陰《かげ》だ。そんな場所にわざわざ身を隠《かく》して、ツェルニでもエリートと呼ばれる小隊員がなにをしているのかというと。

「……マルクド・バーガーですね」

「なんてこった！」

シャーニッドは天を仰《あお》いだ。

「せっかくのデートだってのにわざわざジャンクフード？　ありえねぇ。ここはちょっと気取りつつ、しかしあくまでも腹が重くならない店を選ぶべきだってのに」

「映画前の腹ごしらえだ。それほど気取る必要もないだろう」

シャーニッドの隣《となり》でダルシェナがそう呟《つぶや》く。しかしその表情はあまり乗り気ではなさそうだった。

わかってねぇ……とシャーニッドは首を振ったが、それ以上は語らなかった。

覗《のぞ》きだ。

フェリはため息を吐いた。

寮《りょう》の準備はすでに終わり、いまは料理の準備が進められている。となるとフェリたちの出番はない。

「わたしに料理の腕《うで》を求めるな」

ダルシェナなどは堂々とそう宣言したものだ。あきれた態度ではあるが、その開き直りが羨《うらや》ましくもある。

そういうわけで、料理の準備はメイシェンと寮長《りょうちょう》のセリナが中心となり、残りは彼女たちを手伝ったり、あるいは時間まで自由に過ごしていたりする。

その中で、フェリたちはレイフォンの行動を監視《かんし》している。

別に、誰《だれ》かにそう指示されたわけではない。シャーニッドが言いだし、フェリは巻き込まれたのだ。ダルシェナはため息とともについてきた。暴走を止めるためだと言っていた。

(なにをしてるのでしょう)

フェリは内心で途方《とほう》に暮れていた。錬金鋼《ダイト》の私的な利用はそれだけで校則違反《いはん》だ。とくに念威繰者《ねんいそうしゃ》による能力の私的利用、個人情報の収集はかなり重い罪になる。そう簡単に見つかるようなヘマをするつもりはないが、自分でしたいわけではないのに流されてやっているという事実が、そういう気持ちにさせてしまう。

食事が終わるとレイフォンたちは映画館に入ってしまった。

「中までは無理ですよ」

先にフェリはそう言っておいた。

暗い中だと、念威端子《ねんいたんし》の放つ淡《あわ》い光が目立ってしまうのだ。ただでさえレイフォンに気取られないように距離《きょり》を置いているというのに、人がたくさん集まる映画館の中を壁越《かべご》しに詳細《しょうさい》に調べるのは難しい。音だけを拾うにしても、映画が始まっているというのにおしゃべりに興じるような二人だとは思えないし、たとえしていたにしても映画館の音響《おんきょう》設備が邪魔《じゃま》になる。

まともな情報収集ができるとも思えない。

「んじゃ、中に入っちゃうか？」

シャーニッドがダルシェナの肩《かた》に手をまわした。

たポスターを見る。

肩にまわされた手を容赦《ようしゃ》なく摘《つま》んで払《はら》いのけると、ダルシェナは映画館に大きく張られたポスターを見る。

「……趣味《しゅみ》じゃないな」

どうも内容は感動もののようだ。

「デイ・マッケンのアクション物なら興味あるが、それ以外はないな」

「たまには涙《なみだ》を流すお前も見てみたい」

「お前が死ねば、もしかしたら流すかもしれないな。欠伸《あくび》ぐらいには」

「それ、おれ見れねぇし」

隣で始まる馬鹿《ばか》劇のバカバカしさに、フェリはいっそう帰りたくなった。

「ああ、まっ、ここでぼうっとしててもしかたねぇや。どっかで昼でも食べようぜ」

「帰るって選択肢《せんたくし》はないのですか？」

「んじゃ、マルクに行くか」

「……さっきと言っていることが違《ちが》わないか？」

「おや、これはデートだったのか？」

再び始まる馬鹿劇でフェリの言葉は黙殺《もくさつ》されてしまった。

一人で逃《に》げてやろうか……そう思いながら、フェリは念威端子を収めて二人の後についていくのだった。

映画が終わる時間はわかっている。

映画は、面白かった。

……だろうと思う。

「なんで寝《ね》るかな?」

リーリンはひどく不満げにレイフォンを睨《にら》んだ。

途中《とちゅう》までは覚えている。彫《ほ》りの深い、甘《あま》いマスクに年相応の渋《しぶ》みを加えた庭師役のデイが、奔放《ほんぽう》な女性武芸者と出会うところまでは覚えている。身分違いの恋《こい》の話だった。大きな武門の血統である女性武芸者には、同門で将来有望な武芸者という婚約《こんやく》者がいた。だが、デイと出会い、気持ちが揺《ゆ》らぎ始める。

そこまでは見た。だが、いつのまにか眠《ねむ》っていた。どこで意識が途切れたのかも思い出せないくらいにきれいに落ちてしまっていた。

リーリンの目が少し赤い。どうやらかなり感動したようだ。

「いままで映画あまり見なかったけど、今度から見に行こう」

リーリンにこんな決意をさせるぐらいに面白かったのだとしたら見逃《みのが》したのはかなり惜《お》

しい。

レイフォンだって、映画館で映画を見たことはそんなにない。大画面の迫力《はくりょく》と計算し尽《つ》くされた音響設備で見る映画はデータを借りてきて家で見るのとは大違いなことはわかっているが、隣で幼なじみがこんなに興奮するまではそこまで思うことはなかった。

「とりあえず、ルートヴィン監督《かんとく》のは見れるだけ見てやる」

興奮に任せて拳《こぶし》を握《にぎ》り締《し》めるリーリンに、レイフォンは首を傾《かし》げた。

「あれ、これってデイ・マッケンって人の映画じゃないの？」

「デイ・マッケンは役者でしょ。たしかにかっこよかったけど、この話を作ったのはルートヴィン監督じゃない」

「ああ、そっか」

なるほどと納得《なっとく》する。

映画が終わった後には妙《みょう》に宙ぶらりんな時間ができあがってしまった。レイフォンたちは飲み物を買い、噴水《ふんすい》前に戻《もど》った。ちょっとした広場にもなっているし、座《すわ》る場所もある。

この時間、グレンダンなら帰宅途中の初等学校の下級生たちがいてもおかしくない時間だ。鞄《かばん》を公園の端《はし》に集めてみんなで遊んでいる姿が脳裏《のうり》にふと浮《う》かんだ。

「……みんなは、元気？」

なんとなく、そう尋《たず》ねてみた。

「うん、元気みたいだよ」

その言い方にチクリと心が痛む。伝聞の形。自分で確かめていないのがよくわかった。

本当に、あの時からリーリンは孤児院《こじいん》に近づいていないのだ。

「いまさらだけど、ごめん」

「いいよ。レイフォンは正しいって思うことをしたんだろうし」

「でも……」

「ねぇ、わかってる？　いまさら謝《あやま》っても遅《おそ》いんだよ」

言葉そのものは厳しいが、リーリンの表情は怒《おこ》ってはいなかった。

「う、うん……」

「そう。もう遅いの。たぶん、レイフォンがここでなに言ったってあの子たちには届かない。問題は、もうレイフォンが心を入れ替《か》えればとか、そういう問題じゃないの。あの子たちがレイフォンのしたことにどういう結論を持つかなの。だから、レイフォンはもう気にしなくていいの。天剣《てんけん》も返したし、グレンダンからも出ちゃった。レイフォンが償《つぐな》わなくちゃいけないのなら、それはもう、それで終わってるの」

「うん」

わかっている。似たようなことをゴルネオに言った記憶《きおく》がある。だがリーリンに寂《さび》しさを与《あた》えてしまった罪悪感は消えない。

自分がいなければ、リーリンはいまもあの孤児院で皆《みな》と仲良く暮らしていたはずなのだ。

同時に孤児院の兄弟たちも母であり姉であったリーリンを失わずに済んだ。

「でも、新しい学校でもいろんな人と知り合えてるよ。面白《おもしろ》い先輩《せんぱい》もいるし」

そう言って笑うリーリンの顔に嘘《うそ》はない。

「レイフォンだって、ここに来てたくさん友達ができてるじゃない」

「まぁね」

「むしろわたしは、レイフォンに友達ができるかどうかの方が心配だったんだけどね。わたしはその辺り、うまくできるもの」

「むむぅ」

反論できずに唸《うな》る。

しばらく笑っていたリーリンが不意に黙《だま》り込《こ》んだ。

「……リーリン？」

「うーん、やっぱりされるだけってのは性《しよう》に合わないな」

「え？」

レイフォンが首を傾《かし》げようとするとそれより早くリーリンの手が耳を摑《つか》んで引っ張った。

「痛いっ」

「いいから聞いて。いまこの辺りにレイフォンの小隊の人とかいる？」

「え？　うん、いるよ」

頷《うなず》くと、また耳を引っ張られた。

「なんで黙ってるのよ！」

小声で怒られる。

「だって、シャーニッド先輩とダルシェナ先輩だったから」

直接その姿を視界に収めたわけではない。武芸者は普通《ふつう》の人からではほとんど見ることのできない剄《けい》をごく自然に発散させている。レイフォンの目はその剄を捕《と》らえていた。

「それに遠かったし」

殺剄を得意とするシャーニッドの剄は自然体の時でもあまり外へと流れ出ないが、隣《となり》にいたダルシェナはそうではない。まず彼女に気付いて、それからシャーニッドに気付いた。実はすぐ側《そば》にフェリもいたのだが、念威端子《ねんいたんし》がすぐ近くに来《き》ていたり、髪《かみ》などの導体を通って発光している時なら別だが、念威そのものを見ることはレイフォンにはできない。フェリが警戒《けいかい》してかなり距離《きょり》を取って念威端子を配置していることまでわかるはずがない。

「なんか、そんな気がしたのよね」

「え？」

リーリンがやや脱力《だつりょく》してなにかを言っている。レイフォンはわけがわからず、リーリンの反応を待った。

「いいわ。それより、ちょっとお願いがあるんだけど……？」

事情がいまだによくわからないレイフォンの耳に、リーリンが囁《ささや》いた。


…………む。

さきほどからなにやらこそこそとしている。フェリはその距離に不快を感じた。

「おっ、リーリンちゃん、意外に大胆《だいたん》？」

とりあえず、シャーニッドの足を蹴《け》っておく。

不意打ちに呻《うめ》くシャーニッドを放《ほう》っておいて会話を拾おうとするのだが、やはり距離を取り過ぎていてうまく拾えない。もう少し近づきたいが、そうすればレイフォンに気付かれるだろう予感があった。

ジレンマに頭を悩《なや》ませていると、二人が突然《とつぜん》立ち上がった。肩《かた》を並べて歩き出す。

「ん？　次に移動するか？」

痛がるのをやめて、シャーニッドが目を細める。

「なぁ、わたしはそろそろ飽《あ》きたぞ。帰らないか？」

隣ではダルシェナがそう言っているのだが、シャーニッドはおろかフェリも聞く耳をもたなかった。

二人の距離がやけに近い。

映画に行く前まで、ベンチに座《すわ》るまではごく普通の、特に気にならない距離だった。一《いっ》緒《しょ》に行動する二人に存在するごく当たり前の距離だった。

だけど、いまは違《ちが》う。

フェリ基準で、それはとても癪《しゃく》に障《さわ》る距離だった。単位にすれば五センチメルトル程度のものかもしれない。

しかしそれだけ距離が縮まれば、腕《うで》を組んで歩くことだってできる。

フェリは集中した。悩ましいジレンマの距離を一ミリメルトルでも縮めんと、さらに状《じょう》況《きょう》を克明《こくめい》に把握《はあく》するためにより効率的な配置を瞬間的《しゅんかんてき》に模索《もさく》し、端子を移動させる。

レイフォンたちは移動している。配置はじっとしているわけにはいかない。移動方向から目的地とルートを検索《けんさく》し、可能性の高い場所に端子を先回りさせることも忘れない。

「おい？」

ダルシェナが怪訝《けげん》な声を上げたが、気にしない。

「うおっ、なにそれフェリちゃん？」

「念威の光か？　まさか、髪全《かみすべ》て？」

うるさい黙《だま》れそれどころじゃない。フェリはなにか言っている二人を鬱陶《うっとう》しく感じながらも、それを告げる動作も惜《お》しんでレイフォンたちの尾行《びこう》に全精力を注いでいた。

「ああ、ここじゃあ目立つ。シェーナ、フェリちゃんを目立たないところに運んどいて、おれは追っかけるわ」

「あっ、おい……ちょっと待て」

シャーニッドが物陰《ものかげ》から飛び出していく。そうそれでいいのです。まじめに働きなさい。

「くそっ、そうやって面倒《めんどう》事をわたしに押《お》し付ける」

ダルシェナがぶつぶつ言いながらフェリを抱《かか》えた。

そうです。そうやってまじめに働けばいいのです。というよりもフォンフォンは一体なにをしているのですか。あんなに距離を縮めて、フォンフォンの癖にフォンフォンの癖に！

「ぶしゅっ！」

なぜか、いきなり鼻がむずむずした。

「なにしてるのよ。汚《きたな》いわね」

リーリンがバッグからちり紙を出してくれた。

「う～なんだろ」

鼻を拭《ふ》き、むずむずを拭《ぬぐ》い去る。

「それより、これってなんなの？」

肩が触《ふ》れそうなほど近くにいるリーリンに訊《たず》ねる。正直、ちょっと歩きにくい。

「いいから。それより、誰《だれ》かついてきてる？」

逆にリーリンに聞かれ、レイフォンは背後に意識を集中した。

非常にわかりにくい。わかりにくいが、どうもシャーニッドが単独でついてきているような気がする。

（なにしてるんだろう？）

よくわからない。よくわからないが、そのままをリーリンに告げた。

「まったく……」

あきれ顔のリーリンはしばらく考える素振《そぶ》りをしていたかと思うとレイフォンを見た。

「ねぇ、ちょっとシャーニッドさんを巻いて一人で買い物したいんだけど、できる？」

「へ？　あ～うん。できると思うけど」

言ってからレイフォンはちょっと考えた。シャーニッドがどういうつもりでレイフォンたちを尾行しているかによる。リーリンも目当てだったらここでいきなりレイフォンだけが消えてもだめだ。

……となると、どこかうまいタイミングで一度、リーリンごと消えないと。

それから……と考え、レイフォンは段取りをリーリンに耳打ちした。

彼女が頷《うなず》き、それから合流場所と時間を決め、行動開始となった。


いきなり、二人が路地裏に消えた。

「おっ？」

ばれたか？　と警戒《けいかい》したが、ここからでは死角になっていてどうなっているのかわからない。シャーニッドは足を速めて覗《のぞ》きこんだ。

なにかを抱《かか》えたレイフォンが、いままさに跳躍《ちょうやく》しようとしていた。

「ちっ、ばれたか」

何度か壁《かべ》を蹴《け》ったレイフォンの姿がビルの屋上に消えていく。

「しかし、ここで逃《のが》すシャーニッド様じゃないぜ」

ノリノリでそう呟《つぶや》くとシャーニッドも路地裏に入って跳《と》んだ。

「もう、なにをしているのか」

ひっかけだということがわからないのか。フェリはイライラとレイフォンとリーリンの選択肢《せんたくし》を天秤《てんびん》にかけ、急速に遠ざかっている二つの気配を選んだ。

「なぁ、帰っていいか？」

ダルシェナが疲《つか》れた声で何度もそう訊ねる。

「さてと」

路地裏でしゃがんでいたリーリンは、立ち上がるとスカートの埃《ほこり》を払《はら》い、悠々《ゆうゆう》と歩き始めた。

†

デルクに見送られて道場を出たティグリスは、袖《そで》を風に流しながら帰路についた。

すでに日は没《ぼっ》し、道を歩く者はない。

(どうでした?)

柔和な老女の声が耳に届く。姿はなく、代わりに淡い光を放つ蝶がそばにいた。電灯と欠けた月の光だけの道で、そ
れは神秘的な存在感を宿していた。

デルボネの念威端子《ねんいたんし》だ。

「あれは知らんな」

(そうですか。それはなにより)

蝶をともに夜を行くティグリスの目は好々爺然《こうこうや》としたまま進む先を眺《なが》めていた。

「それが幸福というものよ。あの時のことについても対応の不手際《ふてぎわ》に腹を立てていただけだ」

(色々と大変だったのですよ)

老女のどこか拗《す》ねるような声に、ティグリスは呵々《かか》と笑った。

「それはそうだろうさ。あの場にいた念威繰者《ねんいそうしゃ》全員に知覚誤認《ごにん》をかけていたのだからな」

(それで、どちらが？)

「さぁて。だが、女王の勘《かん》通りだろうな。カナリスもなにかに気付いておる。余計なことなど、知らぬが花だというのにな」

（これから、どうなるのでしょうねぇ）

「さてな。知らんよ。いままで通りの日が続くか、あるいはそうはならんか。そんなことはここで生きるわしらにはどうしようもないことだ。女王とて手は届かん。わしらはただ、目の前で起こることを解決するだけだ」

（今も、昔も）

「その通りよ。人は、人の世のことしかできん」

（ままならぬものです）

デルボネのため息に、ティグリスは鼻で笑った。

「どうせ起こるのなら、わしの体がまだ動く時に起こって欲《ほ》しいものだ。それとも、先代ノイエランのように全身をすげ替《か》えるかの」

ティグリスの目が、凶悪《きょうあく》な光を放つ。

（良き戦場が、あなたに来ればよいのですけれど）

血のたぎる場所を求める武芸者に、老女は柔《やわ》らかくそう語りかけた。

†

朱色《しゅいろ》の陽《ひ》が空を焼いていた。

「いやぁ、しかし見つかるとは思わなかったなぁ」

「はぁ……」

シャーニッドに肩《かた》を掴《つか》まれ、レイフォンはなんと答えていいのかわからなかった。

その反対にはやけに近い位置でフェリが並行して歩いている。

シャーニッドだけかと思ったらフェリまでいたのだ。彼だけならなんとか巻けただろうが、フェリの念威端子が都市全体をフォローしていたため、最終的にはシャーニッドに回り込まれてしまった。

ダルシェナもやはりいたらしい。だが、彼女は途中《とちゅう》で呆《あき》れて帰って行った。

レイフォンたちはいま、リーリンやニーナのいる女子寮《じょしりょう》に向かっていた。

リーリンはいない。

最初、合流場所に彼女がいないので探しに行こうとしたのだが、フェリに止められ、そしてこういうことになっている。

「あの、なんでみんなで？」

「いいからいいから」

シャーニッドはにやにやするだけでそれ以上はなにも言わない。肩にがっちりと腕《うで》を回されて逃《に》げることもできない。

そんなことをしている間に女子寮に辿《たど》り着いた。

『ハッピー・バースデイ!!』

ドアを開けるなり、重なりあった声がレイフォンに注ぎ、クラッカーの破裂音《はれつ》が連なった。

舞《ま》い飛ぶ紙吹雪《かみふぶき》を頭から被《かぶ》り、レイフォンはきょとんとした。

エントランスから続く広間はきれいに飾《かざ》りつけられ、シャンデリアが薄《うす》い金色の光を注ぐ。

「えっと……」

ニーナを始め、リーリン、メイシェン、ナルキにミィフィ。ダルシェナにハーレイ、それから女子寮の二人が笑顔《えがお》でレイフォンを出迎《でむか》えていた。

「……誰《だれ》の誕生日？」

レイフォンが呟《つぶや》くと、全員からどっと笑いが起きた。

「お前のだ」

シャーニッドが頭を掻《か》きまわす。

「え？　でも……」

「今年はできなかったでしょ？　それを話したら、ニーナがやろうって」

リーリンの説明で、レイフォンはああ、と頷《うなず》いた。

「あ、ありがとうございます」

「気にするな」

ニーナがクラッカーを弄《もてあそ》びながら首を振《ふ》る。その顔がやや照れているように見えた。

「さて、バースデイ・パーティだ。とことん恥《は》ずかしく行こうぜ。まずは歌ってそれからロウソク消しだ。間違《まちが》ってもケーキごと吹《ふ》き飛ばすんじゃないぜ」

シャーニッドが景気よく叫《さけ》ぶ。中央のテーブルにはかなり大きな、メイシェンの力作らしいケーキがあり、ロウソクは火を灯《とも》されるのを待っていた。

レイフォンとリーリンは皆《みな》に背を押《お》され、そのケーキの前に立たされる。

照明が落ちる。

ロウソクに火が灯る。

ハッピー・バースデイが歌われる。

シャーニッドとミィフィが大声で歌い、それに続くように他《ほか》の皆が歌う。

レイフォンも歌った。

リーリンも歌った。

二人とも自分の正しい誕生日なんか知らない。

だからいつ祝ってもいい。いつ祝われてもいい。

だからその代わり、今日という日に皆の誕生を祝うのだ。

二人で、ロウソクの火を吹き消した。

リーリンがこっそり用意した皆へのプレゼントはその後に配られた。

†

腕に抱《だ》かれた二人の赤子は甲高《かんだか》い泣き声を止め、いまは眠《ねむ》っていた。救護班にいた少年武芸者が気を利《き》かせて粉ミルクを用意してくれ、それで満腹になったのだ。

二つの小さな重みを感じながら、デルクは歩いていた。

人型を倒《たお》した後、ほどなく幼生体群の処理は済んだ。残った死《し》骸《がい》を外縁部《がいえん》から外に投げ出し、微量《びりょう》ながら流入した汚染《おせん》物質の処理作業を監督《かんとく》している内に、都市内部では警戒《けいかい》態勢が終了《しゅうりょう》し、人々は家に戻《もど》っていた。

並ぶ家々からは光が洩《も》れ、家族の話し声が漏《も》れ聞こえる。

「あれが、お前たちの新しい家だ」

歩く先に、白い壁《かべ》の大きな家が見える。

母もなく、父もない者たちの集《つど》う家がある。

だが、兄弟たちはたくさんいる。

「家族には、困らん」

デルクは語りかける。眠る赤子たちに。

新しい兄弟を連れて、デルクはただいまを告げた。

あとがき

というわけで短編とかエドの叫びとか色々です。雨木シュウスケです。

アニメ化とか色々大変っぽいです。なんか編集さんたちはギャーって言ってます。かくいう雨木も送られてくる脚本のチェックとかアレのためのアレにギャーっ言ってます。みんなギャーって言ってます。

でも、この本が出る翌月には放送開始です。きっとまだみんなギャーって言ってます。いろんな意味で。

だけど雨木は元気です。初鍼《はり》とかしましたけど元気です。

そうそう、第一話のアフレコを見学させていただきました。第一話でなるべく全員顔出しするんだーというアニメスタッフさんたちの意気込みで収録現場はすごいことになってました。スタジオが人でいっぱい。どこのパーティだ!? って感じ。声優ファンの人なら卒倒間違いなしの現場だったろうと思います。

雨木的には子安カリアンで超満足。

アニメそのものの方もご期待あれ。あれは、ちょっとすごかった。なにしろ雨木の中でミィフィの好感度がかなり上がった！

　さてさて、そんな忙しかったりがんばろーな時期になんですが、担当編集さんが変更になりました。というか、一人いなくなってしまいました。N村さんという方なんですが、仕事が細かくてレギオスを愛してくれていてとても助かっていたのですが、そのアフレコの時に担当からは離れると知らされました。

　しかたがないのです。なにしろN村さんはレギオスを担当してくれていますが、あの「生徒会の一存」の著者である葵《あおい》せきなさんの担当さんでもあるのです。葵さんと一緒に「生徒会の一存」を立ち上げた敏腕《びんわん》編集者さんなのです。現在破竹の勢いの「生徒会の一存」をもっと盛り上げるためにN村さんはレギオスを離れるのです。

　涙はいらない！　笑顔で送ろうじゃないですか！

おのれ、セッキーナめ。

と、ネタを仕込んでみました。新井輝《あらいてる》さんの「ROOM NO.1301」のあざの耕平《こうへい》さんとのアレですね。

ええ、やってみたかったんです。

今回、担当さんが変わるという話を聞いて「いまがその刻《とき》だ！」と思ったのは内緒です。

しかも、別に葵さんと仲が良いわけでもなんでもない！　あれだ、謝恩会とかで一度顔を合わせたかもしれないぐらいの関係です。

それほんと、仲が良いとか悪いとか以前の問題だ！

しかし、N村さんとは話が合って面白かったので、残念なのは本当ですよ？　知らせを受けた時に……

雨木「……あれですね、キャ○テン翼の、気がついたら敵の監督になってた人、あの人みたいな感じ？」

N村「ロ○ルト本郷！　ていうか、敵じゃないし！」

まぁなんか、そんな感じそんな感じ。

『怪談』

前振り（？）でページを使いすぎました。

前巻で募集を締め切った怪談の結果発表に行きたいと思います。
佳作（三名／サイン本）
ρ村《ローソン》さん。ポコさん。たまさぶろうさん。
優秀賞（レギオス絵葉書セット）
「Kさんの話」の満月さん。
最優秀賞（ショートショート・シチュ決定権）
「見つけた」のたかさん。

うん、こんな感じ。ていうか、載《の》った人みんなになんかプレゼント状態。ｍｉｘｉからの投稿の方はこれ見たらメッセージで住所教えてください。送ります。たかさんにはこちらから連絡させていただきます。発表場所が実はまだ決まってませんが、決まり次第、お知らせしたいと思います。
そして、「聞かせてやろう、身も凍《こお》るおれ様の話を!?」という方がいらっしゃれば、いつでも受けて立つ所存ですので、送ってくださいませませ。

『と、いうわけで』

次巻はあれです。なんかやっとという感じです。こんだけ間を空けてしまったのは初めてなのでかなりドキドキです。しかも実は、今から書くという次第。先に来年のドラマガ短編を仕込んでましたので。

そっちはそっちでなかなかよいものができたと思っていますので、楽しみにしててください。


【次回予告／三月予定】

状況は激動する。蠢動《しゅんどう》する狼面衆《ろうめんしゅう》。現れた謎の電子精霊。接近するグレンダン。ツェルニから遠く離れたレイフォンの前にはサヴァリスが立ちふさがる。

次回、鋼殻のレギオス12　ブラック・アラベスク。

お楽しみに。


あれーなんで今年ってもう終わりそうなの？　な、雨木シュウスケ

〈初出〉

バンピー・ホット・ダッシュ　ドラゴンマガジン２００８年３月号
ザ・インパクト・オブ・チャイルドフッド01　ドラゴンマガジン２００８年５月号
ザ・インパクト・オブ・チャイルドフッド02　ドラゴンマガジン２００８年７月号
ザ・インパクト・オブ・チャイルドフッド03　ドラゴンマガジン２００８年９月号

他すべて書き下ろし

富士見ファンタジア文庫

鋼殻《こうかく》のレギオス11
インパクト・ガールズ

平成20年12月25日　初版発行
平成21年２月25日　三版発行

著者——雨木《あまぎ》シュウスケ《しゅうすけ》

発行者——山下直久
発行所——富士見書房
〒102-8144
東京都千代田区富士見1-12-14
http://www.fujimishobo.co.jp
電話　営業　03(3238)8702
　　　編集　03(3238)8585

印刷所——旭印刷
製本所——本間製本

ISBN978-4-8291-3359-0 C0193